물음표? 느낌표! 쉼표, 마침표.

물음표? 느낌표! 쉼표, 마침표.

발행일	2015년 9월 14일		
지은이	이 병 행		
펴낸이	손 형 국		
펴낸곳	(주)북랩		
편집인	선일영	편집	서대종, 이소현, 권유선
디자인	이현수, 윤미리내, 임혜수	제작	박기성, 황동현, 구성우, 이탄석
마케팅	김회란, 박진관, 이희정, 김아름		
출판등록	2004. 12. 1(제2012-000051호)		
주소	서울시 금천구 가산디지털 1로 168, 우림라이온스밸리 B동 B113, 114호		
홈페이지	www.book.co.kr		
전화번호	(02)2026-5777	팩스	(02)2026-5747

ISBN   979-11-5585-739-7 03810 (종이책)   979-11-5585-740-3 05810 (전자책)

이 도서의 국립중앙도서관 출판예정도서목록(CIP)은 서지정보유통지원시스템 홈페이지(http://seoji.nl.go.kr)와
국가자료공동목록시스템(http://www.nl.go.kr/kolisnet)에서 이용하실 수 있습니다.
(CIP제어번호 : CIP2015024737)

이병행 단상집

물음표? 느낌표!
쉼표, 마침표.

이병행 지음

북랩 book Lab

발간문

　내 인생에서 한 번쯤 책을 내고 싶다는 생각은 했지만, 이렇게 두 번째 책까지 출간하게 될 줄은 몰랐습니다.

　일상생활에서 느끼는 생각들을 두서없이 쓰다 보니 책 한 권이라는 분량이 되었습니다.

　잘 쓴 글은 아니지만 내 인생의 지침서라고나 할까, 50이 넘은 사람의 생각이라고 이해를 부탁드립니다.

　인생길을 가다 보니 이런 일도 저런 일도 겪으며 사는 것이 우리 삶의 일부분일 겁니다.

　정답이 없는 세상에서 살아가는 방향타 같은 책이었으면 좋겠습니다.

차례

바람, 바람, 바람!

　바람이 불어오네요, 시원하면서도 약간은 꽃샘추위를 느끼게 하는 바람이 부네요.

　지금 한창 벚꽃이 만개를 해서 온통 하얀색이 뒤덮고 있는데 이러다가 꽃잎이 바람에 떨어져 길바닥에 흩어져 뒹굴겠지요.

　길가에 노란색의 개나리꽃들도 찬바람에 움추러들지나 않을지 모르겠네요.

　어느 계절에나 불어오는 바람,

　겨울에는 눈보라가 치는 찬바람,

　봄에는 꽃샘바람,

　여름에는 땀을 식혀주는 바람,

　가을에는 비바람을 몰고오는 태풍,

　어느 계절의 바람이든 우리에게는 모두 필요한 바람이죠.

　1년 내내 바람이 없다면 삭막하지 않을까요?

　우리에게 사계절이 없다면, 어느 한 계절만 있다면 어떨까요?

만약에 우리에게 사계절이 없다면 지금까지 우리가 눈과 귀와 몸으로 느꼈던 모든 것이 사라지겠지요.

열대지방처럼 1년 내내 밋밋한 계절이 되지 않을까요?

바람과 비와 또 눈, 이 모든 것이 사계절을 이루고 있지 않나요?

바람이 부네요.

밖에는 밤새도록 꽃바람도 아닌

바람이 불어오네요.

봄비

이렇게 봄비가 내리는 날이면 어떤 생각이 나는지요?

잊혀진 옛 연인? 또는 흘러간 옛 추억들, 지금 어느 곳에서 어떻게 변했을까, 아마도 그런 생각 하지 않을까요?

어쩌다 한 번 보고 싶다는 생각, 궁금해 하지 않았나요?

오늘 같이 비가 주룩주룩 오는 날은 더 슬퍼질 것 같고, 처마 끝에서 떨어지는 낙숫물 소리에도 눈물이 날 것 같은 날이 오늘이 아닌가 싶네요.

비에 관한 노래를 들으면 꼭 노래 가사가 내 인생을 노래하는 것 같고 지나간 오래 전 옛 추억들이 스쳐지나가잖아요.

추적추적 내리는 빗소리를 들으며 예전에는 이랬는데 하면서 오래전 추억들을 곱씹으며 우리도 나이를 먹었구나 하는 생각 들지 않나요?

어렸을 때는 비가 올 때면 비료포대를 뒤집어쓰고 학교도
다니고 했는데 지금 생각해보면 우습기도 하지만 그때는 나
도 너도 모두가 그랬을 때니까요.

　백짓장처럼 순수했던 우리들도 세월의 때를 겹겹이 뒤집어
쓰고 살아가고 있네요.

　순수도 기억 저편에 묻어두고 무서울 것 없는 아줌마, 아
저씨로 불리는 지금이 아닌가 합니다.

꿈

여러분들은 어떤 꿈을 갖고 있는지요?

부자가 되는 꿈을 꾸지는 않나요?

그래요, 누구든 꿈을 꾸고 있지요.

그 꿈이 이루어지지 않는 꿈일지라도 가슴에만 품고 있어도 뿌듯할 때도 있으니까요.

꿈은 이루어진다고 했습니다.

시간이 많이 걸려서 그렇지 조금씩조금씩 보이지 않게 이루어지고 있는 것이 아닐까요?

어느 날 하루아침에 꿈은 이루어지지 않아요,

꿈을 이루기에는 많은 시간과 노력도 있어야 되겠지요.

우리가 못 이룰 꿈도 있나요, 설령 이룰 수 없는 꿈일지라도 포기는 하지 말아요.

그 꿈으로 지금껏 살아왔는데 평생을 꿈을 좇다가 생을 마감한다. 하더라도 고운 꿈이잖아요.

소녀가 어릴 때 꾸던 그런 소박한 꿈!

어른들도 소녀처럼 자그만한 꿈이
있잖아요.

내 가족이 오손도손 행복하게 살아
가는 아주 자그마한 꿈!

모든 사람들이 가장 먼저 꾸는 꿈
이 아닐까 합니다.

꿈일지라도 이루어지지 않는다 해
도 실망도 원망도 하지 마세요.

우리가 살아가는 데 꿈이 차지하는
것은 아주 작으니까요.

꿈처럼만 된다면 좋겠지만 이루어
지지 않을 때가 더 많으니 꿈으로만
간직하세요,

그

고운 꿈을!

별을 그리다

수많은 별들 중에 당신의 별은 어느 별인가요?

저 별은 나의 별, 저 별은 나의 별 하던 시절이 있었는데, 이제 그 별조차 기억에서 사라져갔네요.

여러분들도 자신만의 별을 그려 보세요.

수많은 별들 중에 자신만의 별이 왜 없을까요.

여러분이 별을 잠시 잊었기에 그럴 거예요.

어릴 때의 별을 헤아리다 잠이 들곤 하던 때가 있었잖아요.

그때를 생각하면서 여러분의 별을 그려보세요.

어렸을 때의 그 모양으로 별이 아직도 있는지 내 마음속에 별은 아직 빛을 발하고 있는지 한번 가슴 속에 자신만의 별을 그려보세요.

일상에서 몸도 마음도 찌들었지만 그래도 마음속의 별은 희미하게나마 반짝이고 있을 거예요.

별은 환하면 보이지가 않잖아요.
어두워야만 자신의 존재를 보여주기 때문에
우리들 마음이 너무 밝아서 보이지가 않았을지도
모르잖아요.
여러분들 마음속에 있는 작은 별 하나 그려 보세요.
반짝이는 작은 별 하나를~~~.

가위 바위 보

어렸을 때 술래잡기 할 때 많이 하던 가위 바위 보.

요즘도 어른들도 어떤 내기를 할 때 가끔 가위 바위 보를 할 ·때가 있습니다.

가위든 바위든 보든 어느 한 쪽만이 이길 수는 없는 게임 이지요.

상대가 무엇이냐에 따라서 이길 수도 질 수도 있는 게임이 잖아요.

우리네 삶도 가위 바위 보를 닮아서 언제나 1등은 없습니다.

경쟁자가 있어야 스스로도 발전을 할 수 있고 거북이와 토 끼가 달리기를 하듯이 경쟁도 있어야해요.

끝에 골인 지점에서 느긋하게 있다가 결국은 느림보 거북 이한테 1등의 자리를 내주지만 말입니다.

우리에게는 영원한 1등도 영원한 꼴찌도 없습니다.

가위 바위 보에서도 어떤 것에는 이기지마는 또 어떤 것에
는 질 수밖에 없는 시간이 간다 해도 바뀔 수 없는 법칙이잖
아요.

언제든 순서는 바뀌기도 하고 언제든 이기기도 하고 지기
도 합니다.

닮은꼴의 우리네 삶에서 가위 바위 보를 배웁니다.

가치 있는 일에는 도전하세요

지금 여러분들이 하는 일들이 가치가 있다면 포기하지 마세요.

가치가 있는 일들은 대부분 힘들거나 누가 알아주지도 않는 그런 일들이 많잖아요.

바보 같은 생각일지는 모르지만 그 일을 안 하고 후회할 것 같으면 차라리 그 일을 하고서 후회하세요.

후회도 여러분의 자산입니다.

어디에서도 배울 수 없는 소중한 자산 아닌가요?

조금 늦으면 어떻고 빠르면 어떤가요.

자부심까지는 아닐지라도 가치가 있는 일이라면 밀어붙여 보세요.

우리 아줌마, 아저씨가 왜 있는 건가요?

부르기 쉬워서가 아니라 무서울 것 없는 사람들이라서 그렇게 부르잖아요.

우리 나이가 뭐가 어때서 못하나요?

세상의 경험도 있고 그 흔한 이름, 아줌마, 아저씨들의 힘을 보여주세요.

보잘것없는 그 이름이지마는 당할 자 없는 우리가 아닌가요?

쥐 죽은듯 살든 뽀대나게 살든 우리는 이곳을 한 번밖에 지나가지 않아요.

두 번 다시 이곳을 지나가지 않으니 가치가 있는 일이라면 기필코 하세요.

뒤에는 그 이름 아줌마, 아저씨가 있으니까요.

가로등

바다에 홀로 떠있는 등대처럼 가로등 또한 어느 누구인가를 길을 밝혀주는 외로운 모습으로
서 있습니다.

사람도 그러하듯이 누구인가는 자신보다는 남을 위해서 좋은 일을 하잖아요.

우리가 살고 있는 이 세상이 어두운 것만은 아닙니다.

어느 곳에서 지금도 헌신적으로 도움을 주는 이도 있을 겁니다.

가수 션과정혜영의 선행담을 언론매체에서 많이 보았을 거예요.

과연 우리도 그 부부처럼 할 수 있을까.

말은 쉽지만 행동으로 옮기기는 쉬운 일은 아닙니다.

당장 먹고사는 문제 아이들 교육 문제 등 여러 가지 문제로 나 살기도 바쁜데 그렇게까지는 할 수 없다 하여도, 마음만은 등대처럼, 가로등처럼 가졌으면 좋겠네요.

인터넷을 보다 보면 여러 선행담을 보게 되는데 어린 꼬마의 선행을 보면은 왠지 눈물이 흐를 때가 있습니다.

저 어린 꼬마도 저렇게 하는데 나는 무엇을 했나 부끄러울 때도 있었고요.

우리도 지금부터라도 작은 일부터 시작해보면 어떨까요?

누구의 눈치도 누가 뭐라 한들 그게 무슨 이유가 될까요.

하고 싶으면 하는 거지.

내 맘대로 내 방식대로 해보세요.

가로등처럼.

빛이 나는 일을~~~.

꽃길

요즘은 산과 들 어디를 가더라도 꽃들이 만발하는 계절이
네요.

라일락꽃, 벚꽃, 노란색의 개나리까지 온통 꽃길입니다.

겨우내 움츠려 있다가 비를 맞고 따스한 봄햇살을 쬐고서
는 수줍게 피어난 이름 모를 야생화까지 가는 봄을 아쉬워
하듯 피었네요.

그렇게 가물던 하늘에서도 봄비가 촉촉히 내리는 봄날의
오후입니다.

어제는 햇빛이 따가울 정도로 덥더니만 오늘은 그 열기를
식히려는지 아침부터 부슬부슬 비가 내립니다.

비바람에 꽃잎이 떨어져 길바닥에 어지럽게 흩어져 나뒹굴
고 꽃잎을 달고 있던 나무들이 연록색의 잎을 삐죽이 내밀
고 있습니다.

비오는 날의 오후는 이렇게 지나가고 내일은 또다시 태양
은 뜨겠지요.

봄날은, 봄날은 갑니다.

벚꽃이 지는 지금 봄날도 흩어진 꽃잎처럼 지나가네요.

친구라는 이름으로 ♡

  친구라는 단어는 어디에서 들어도 귀에 금방 들리고 친구
는 어디에서 보아도 금방 알아볼 수가 있습니다.

  몇 년을 못보았어도 기억 속에서 가물거린다 해도 친구는
알아볼 수가 있잖아요.

  초등학교를 6년을 같이 다니면서 볼 것 안 볼 것 다 보고
자란 친구들.

  이제는 어엿한 한 가정의 가장이고 아내이고 아버지, 어머
니가 되었습니다.

친구는 친구의 성공을 바라보며 축하를 해주고 친구의 손을 잡고 세상 어디에 내놔도 부끄럽지 않은 친구.
친구가 있어서 내 삶이 즐겁고
친구가 있어서 행복한 기분♡♡
친구란 언제나 친구의 자리에 있어야 진정한 친구이고 아픈 마음도 기쁜 마음도 함께 나눌 수 있어야 합니다.

친구란 이름으로 오랫동안 기억되기를 바라고 기억해 주기를 바랍니다.

가위

가위는 어떤 물건을 자를 때 사용하는 도구입니다.

옷감을 재단할 때도 없어서는 안 되는 가위입니다.

인연을 끊을 때도 가위로 싹뚝 잘라버리면 다시는 이을 수 없는 인연이 되잖아요.

가위도 함부로 사용하면 독이 되고 좋은 곳에 사용하면 옷을 만들 수 있지요.

재단사가 좋은 옷을 만들 때 가위질을 얼마나 잘 하느냐에 따라서 좋은 옷을 만들 수 있고 재단을 삐뚤빼뚤하게 한다면 입을 수 없는 옷이 만들어지겠지요.

이렇듯 여러분들도 가위를 이용해서 여러분의 마음을 예쁘게 재단을 해보세요.

지금껏 살아오면서 울퉁불퉁해졌던 여러분의 마음을 하트 모양으로 예쁘게 재단을 해보면 어떨까요?

여러분 마음속에 하트가 만들어지는 날 여러분들은 행복을 느끼지 않을까 하네요.
언제나 사랑이 넘치는 하트, 그 모양만 있어도 행복한 맘 아닌가요?

좋은 사람은 가슴에
담아 놓기만 해도 좋아요

당신에게는 좋은 사람, 좋은 친구가 얼마나 되시나요?

좋은 사람은 굳이 설명이 없어도 아~~ 그 사람 하면 되는 그런 사람이겠죠.

나에게 어떤 금전적으로 득을 준 사람도 좋겠지만 그보다는 작은 일에도 내 일처럼 마음으로 다가온 사람이 진짜 좋은 사람이겠지요.

좋은 사람은 어느 날 갑자기 만들어지는 것이 아니라 수년 또는 수십 년을 만나야 비로소 좋은 사람이라는 것을 알 수 있지 않을까요?

여러분의 지인들도 좋은 사람들에게 속하겠지요.

사회에서, 직장에서 만나는 모든 사람이 좋은 사람일 수는 없을 거예요.

때로는 만나기 싫은 사람도 만나야 되고 때로는 얼굴도 붉
힐 때도 있었겠죠.

나도 좋은 사람인지 나쁜 사람인지는 스스로도 모르는 일
입니다.

누구든 좋은 사람은 가슴에 담아두려고 하잖아요.

어떤 이익을 보려고 하는 것이 아니라 그냥 그 사람이 좋
아서겠지요.

좋은 사람은 어디에 있어도 빛이 나는 사람일 테니까요.

그 사람이 바로 당신에게 가장 좋은 사람일 겁니다.

느낌표(!) 쉼표(,) 물음표(?) 마침표(.)란?

쉼표와 느낌표는 글을 쓸 때나 어떤 감동을 받았을 때 쓰는 부호입니다.

세상을 달려가면서 가끔은 쉼표처럼 그 자리에 앉아 쉬면서 느낌표도, 물음표, 마침표가 우리 인생의 어떤 길을 알려주는지 한 번쯤 생각을 해보았으면 합니다.

우리가 살아가면서 작은 일에도 감동을 받고 눈시울이 붉어질 때 우리는 느낌표!를 씁니다.

또 인생을 논하고 세상의 고민을 논할 때는 물음표?를 쓰게 되지요.

우리가 마지막으로 쓸 수 있는 것이 마침표.는 아직 우리에게는 어울리지 않는 부호입니다.

먼 훗날에 찍어야 되는 마침표.

여기서 더 고민하고 더 살아보고 세상의 쓴맛을 더 보고 마침표를 찍어도 시간은 넉넉하잖아요.

지금 우리는 느낌표와 쉼표만 써도 충분하지 않을까 합니다.

　물음표 또한 우리에게는 필요하지만 이것 또한 지금은 아니라는 생각이 듭니다.

　물을 것이 많은 세상이고 마침표를 찍을 일도 많지마는 내 마음대로 되는 세상은 아니잖아요.

　우리는 친구들을 만나 느낌표를 받아야 하고 또 친구의 아픔에서 쉼표,를 써서 위로와 격려를 아끼지 말아야 됩니다.

　나의 한 마디의 위로에 친구는 위안이 되고, 또한 친구의 쓰디쓴 말 한 마디에 울기도 하겠지요.

　인생의 꿈은 느낌! 표이고

　인생의 쓴맛은 쉼, 표입니다.

　잠시 쉬면서 쉼, 표의 의미가 무엇인지 생각을 해보면 어떨까요.

　어쩌면 이런 부호들이 우리의 삶과 비슷하지 않나 싶네요.

안개

자욱하게 안개가 낀 것처럼 우리의 미래도 비슷합니다.

우리 모두가 미래를 살아본 것이 아니기에 그 누구도 알 수가 없죠.

각자가 숲을 헤집고 길을 만들어 나가듯이 가는 것이 우리의 삶이 아닌가요.

앞일을 예언할 수 있다지만 그것은 미신에 가깝고 안 맞는 경우가 더 많잖아요.

살다보면 진흙탕에 빠질 수도 있고 본의 아니게 안 좋은 일들에 휘말릴 수도 있습니다.

앞이 보이지가 않기에 조심조심 갈 수밖에 없고 돌다리도 한 번쯤 두들겨 보기도 하고 이것이 인생인 것을 어떡합니까.

누가 대신 살아주는 것도 아니고 누가 대신 두들겨줄 사람
도 없습니다.

그 사람들도 안개 속에서 여러분들과 똑같은 방법으로 살
아가고 있으니까요.

내가 가는 길만이 험난하고 안개가 끼었다고 생각할지도
르지만 그것은 착각일 뿐입니다.

모든 일들이 순탄하다면 좋겠지만 그것은 바람이고 희망
사항입니다.

10미터도 보이지 않는 안개 속을 운전할 때 여러분들은 어
떻게 운전을 하나요?

대부분 유리창에 얼굴을 바짝 대고 하지 않나요?

초보운전 하는 사람처럼, 매일 그런 길을 가는 사람도 조
심조심해서 가는길 입니다.

우리의 미래도 안개 낀 것처럼 보이지 않지만 희망은 있어요.

햇빛이 더 좋거든요 , 그런 날은~♡

보따리

보따리 하면 우리가 어렸을 때 우리네 어머니들께서 시골 장에 내다 팔 물건들을 보자기에 싸서 이고 들고 장에 가셨던 기억들이 납니다.

예전에는 지금처럼 포장할 수 있는 박스 같은 것이 없었기에 그냥 넓은 보자기에 주섬주섬 담아서 보따리를 싸셨지요.

시골 분들이 서울, 한양으로 자식들 집을 다니러 가실 때에는 꼭 가져 가시는 게 보따리였잖아요.

그 속에는 시골에서 나오는 것들은 모두 들어있었을 거예요.

그 보따리를 잃어버릴까봐 두 손으로 보따리를 꼭 잡고 가시던 어머님들!

이제 그 보따리를 이고 지고 다니시던 어머님들도 세월에 장사 없다고 연세가 많이 드셨네요.

보따리에 대한 향수는 시골에서 태어나고 자란 우리들은 눈물겹기도 하고 고맙기도 하고 어떤 표현을 하더라도 모자라지 않을까 합니다.

지금은 모두 다 자가용을 운전하고 다니니 보따리 같은 향수는 없을 거예요.

바리바리 쌀 보자기도 필요가 없고 대신 검은 봉지가 보자기를 대신하네요.

세상은 좋아졌는데 향수는 사라졌나봐요?

사랑은 마음으로 가슴으로

사랑은 마음으로 또 가슴으로 하는 것이 진짜 사랑입니다.

사랑에는 돈이 연결되면 퇴색되기 십상이고 오해가 될 수도 있습니다.

돈으로도 사랑을 표현할 수는 있지만 상대방이 부담을 느끼면 사랑이 아닙니다.

일종의 거래일뿐.

사랑에도 여러 형태의 사랑이 있습니다. 부부 간의 사랑 부모 자식 간의 사랑 형제자매 간의 사랑.

사랑에는 거래나 조건이 없습니다.

돈으로 사랑을 살 수 있나요?

사람의 마음은 돈으로 움직이는 것이 아니라 마음으로 움직여야 합니다.

세상에 돈이면 안 되는 게 없다는 생각 누구나 한번쯤 생각을 해보았을 겁니다.

사람의 마음은 돈이 아니라 그보다도 더한 것을 준다 해도 안 되는 게 사람의 마음이 아닐까 합니다.

돈의 사랑은 부모 자식 간의 무한사랑이 아닌가요?

부모가 자식들한테 조건을 제시하고 사랑을 주었나요. 아니면 나중에 돌려받기를 정하고 입히고 가르치고 키워주셨나요?

이 모두가 마음으로 가슴으로 사랑을 했을 뿐입니다.

진정한 사랑은 진짜

무엇인가요?

100년의 티켓과 긴 여행

우리의 손에는 100년 동안 사용할 수 있는 인생의 여행 티켓이 있습니다.

어렸을 때는 그 티켓을 부모님 손에서 보관이 되었지만 우리가 자라면서 그 티켓은 어느새 내 손에 쥐어져 있습니다.

인생길은 긴 여행과 같아서 빨리 가려고 하지도 말고 뒤쳐지지도 말고 100년의 티켓을

들고 세상을 유람하듯이 가야 합니다.

그 티켓은 어느 누구한테도 빌려줄 수도 없고 빌려 쓸 수도 없는 티켓입니다,

100년의 티켓을 들고서 가다가다 보면 좋은 짝을 만나서 긴 여행의 동반자도 만나고 부부 티켓이라는 새로운 티켓을 받아들고서 또다시 긴 여행을 떠나야 합니다.

가다가다 또다시 지치면 서로가 일으켜 세워주고 아픈 곳도 핥아주고 씻겨주고 긴 여행은 가도 가도 끝이 없는 그런 여행입니다.

끝날 것 같으면서도 이어지는 긴 여행.

그것이 바로 100년의 여행이고 100년의 티켓을 거머쥔 자의 여행니까요.

사람이 100년을 산다고 하니 이제는 인생설계도 바꾸어야 되겠지요.

서툰 100년의 여행이 되겠지만 그래도 100년의 티켓을 들고 긴 여행을 가야지요.

여러분들도 길고 긴 여행, 즐거운 마음으로 끝까지 100년의 티켓을 놓치지 말고 꼬옥 쥐고서,

행복한 여행이 되어야 합니다.

두 번 다시 갈 수가 없는 여행

이니까요.

사랑과 미움

사랑이 가득한 사람은 미움이라는 것이 없습니다.

사랑이란 대가를 바라지 않고 누가 보던 그렇지 않던 그런 것에는 연연하지를 않는 것이 사랑이겠지요.

사랑은 상대가 누구이던 무엇이던 가리지를 않습니다.

그저 마음속에서 우러나오는 대로 마음이 움직이는 것일 뿐입니다.

미움을 가진 사람은 무엇을 하더라도 불만이 가득합니다.

무엇을 보더라도 삐딱하게 좋은 모습을 볼 줄을 모릅니다.

사람은 장점도 단점도 모두가지고 있습니다.

장점은 잘못 보면서 유독 단점만 찾아서 보려고 하는 사람들이 있잖아요.

우리는 사람이고 허점투성이의 인간일 뿐이지 신은 아니잖아요.

미움이 가득한 사람도 장점이 왜 없겠습니까.

그 사람도 사람일진대,

여러분은 사랑이 가득한가요.

아니면 미움이 가득한가요?

사랑도 미움도 우리의 몫입니다.

우리가 풀어가야 할 숙제이기도 하지요.

모든 사람이 미움보다는 사랑이 넘치는 그런 사람들이었으면 좋겠습니다.

그리움과 기다림

누군가를 그리워 해본 적이 있나요 아니면 누군가를 기다려본 적이 있나요?

부모가 될 수도 있고 사랑하는 사람일수도 있고 누구에게나 그리움은 남아있겠지요.

멀리 떠난 사람에게서 그리움이란?

두고두고 생각나게 하는 사람이겠지요.

보고 싶어도 볼 수 없는 그런 사람 어쩌면 이 세상에 없을 수도 있겠네요.

기다려도 기다려도 오지 않는 그런 사람 아마도 올 수가
없는 사람이 아닐까 하네요.
　자주 만나지 못하면 기다림이 그리움으로 변하고 먼 산 쳐
다보며 눈시울이 붉어지겠지요.
　그리움이란 이런 건가 봅니다.
　곁에 있을 때는 몰랐지만
　떠난 후에 그 사람이 좋은 사람이었고
　내가 그 사람을 사랑했었다는 것을
　보고 싶어도 볼 수 없는 그리움으로만
　평생을 간직해야 할지도 모릅니다.
　그 사람이 보고 싶으니까요.

마음 한 켠을 비워 두세요

여러분들 마음 한 켠에 여백을 남겨두세요.

마음속을 이것저것으로 가득 채우지 말고 한 쪽 귀퉁이를 조금은 비워두세요.

이다음 먼 훗날에 좋은 모습들을 담아둘 곳을 비워놓아야 해요.

우리가 살다보면 나쁜 것도 볼 수가 있겠지만 좋은 모습이 더 많잖아요.

마음속이 꽉 차 있으면 좋은 모습도 담을 수 없고 좋은 인연도 담을 수가 없잖아요.

너무 오래된 일들은 지우세요.

오래 전의 좋은 일들도 좋겠지만,

우리가 사는 지금 더 좋은 일들이 얼마나 많은가요.

매일매일 올라오는 좋은 글귀며 좋은 그림과 사진 미처 읽기도 전에 사라지기도 하잖아요.

언제나 마음 한 켠에 좋은 인연과 좋은 일들을 담을 수 있게 비워놓으세요.

지나간 날들보다 앞으로 다가올 날들을 위해서 지나간 일들은 좋던 싫던 이미 지나갔어요.

예전이 좋았던들 이미 과거가 되어버렸잖아요.

앞으로 얼마나 좋은 일들이 많을 텐데요.

좋은 모습들을 가득 담을 수 있게

비워두세요.

마음 한 켠을~~~~~~.

스쳐지나가는 인생

우리는 머무르는 인생이 아닙니다.

앞으로 또 앞으로 세월도 느끼면서 우리의 삶이 무엇인지 고민도 하면서 쓰러졌다를 반복하면서 스쳐지나가는 인생이 아닐까 합니다.

한곳에 머무르는 인생이 있을까마는 모두가 양쪽 어깨에 무거운 짐을 지고 터벅터벅 지나가는 삶.

아무리 많은 짐을 진들 끝에 가서는 모두 다 내려놓고 갈 것을 미련스럽게 우리는 모든 것을 지고 가려고 아등바등 살아오지는 않았는지요.

수 년 또는 몇십 년을 살아오면서 어깨에 짊어질 줄만 알았지 내려 놓을 줄은 몰랐네요.

많은 것을 내려놓으면 마음도 가벼워지고 더 많은 것을 보고 느끼고 사랑도 할 텐데 바보스럽게 놓지를 못하네요.

스쳐지나가는 인생에 짐이 너무나 크고 무겁고 그래서 더 그러는지도 모릅니다.

가볍게 가세요. 양쪽 손에만 들고 가도 괜찮아요.

지금보다 더 내려 놓으세요.

우리는 그냥 이곳을 스쳐지나가는 인생입니다.

옷?

새옷도 사람이 입으면 입을수록 때가 묻습니다.

아무리 새옷일지라도 때가 타는 법이 아닌가요?

사람도 그렇듯 살아가면서 세월의 때를 몸에 덕지덕지 묻혀가며 사는 게 우리가 아닌가 합니다.

옷은 더러우면 깨끗이 빨아서 다시 입지만은 사람은 그렇게 할 수가 없잖아요.

스스로 마음도 정화시키고 좋은 것만 보고 듣고 하려고 하는 마음이 중요하겠지요.

사람이 옷처럼 빨아서 입을 수 있는 것이면 좋겠지만 그럴 수는 없잖아요.

우리가 지금까지 살아오면서 얼마나 많은 때를 탔습니까.

50년이 넘는 세월을 살아오면서 제대로 마음도 정화도 못하고 그냥 사는 게 급급해서 몸에 세월의 때를 덕지덕지 뒤집어쓰고 살아왔잖아요.

그것이 또 인생이고요.

옷처럼 빨 수는 없다 하지만 마음만은 백짓장처럼 하얗게 그런 삶이였으면 좋겠네요.

아기 때처럼은 될 수가 없겠지요.

너무나 오래 세월이 지났기에 그때와는 비교할 수는 없겠지만 그래도 마음만이라도 순수해질 수 있을까요?

이혼을 생각하는 부부들에게

요즘은 이혼이 대수롭지도 않고 흔한 말로 열 집에 한 집은 이혼이라는 것을 생각을 한다고 합니다.

살아오면서 이런저런 일로 어느 부부든 한 번쯤 이혼을 하고 싶다는 생각을 안 해보았을까요.

세상에 부부싸움을 한 번도 안 했다고 이야기하는 부부들을 보면 과연 그럴 수 있을까 싶네요.

너무 관심이 없어서일까요. 아니면 너무 서로에게 관대해서일까요?

부부는 티격태격 하며 사는 것이 부부가 아닌가요?

부처님도 아니고 예수님도 아닐진대 어떻게 그럴 수 있을까요.

결혼하기 전에는 하늘에 떠있는 별도 달도 떼어다줄 듯한 사람이었는데 결혼하고 달라졌다는 이야기 많이 하잖아요.

연애와 결혼은 무엇이 달라도 다르겠지요.

바로 현실입니다.

현실에서 별을 달을 따다가 줄 수가 있나요.

받아주는 사람도 그 의미가 아니라는 것을 모르지는 않겠지요.

부부는 일심동체라고 했습니다.

부창부수라고도 했고요.

부부는 믿음이 없으면 부부가 아니라 부부 같은 남일 뿐입니다.

남자든 여자든 부부 간의 최소한의 예의는 있어야 한다고 봅니다.

한 번의 실수는 이해할 수 있을지 몰라도 두 번은 실수가 아니라 고의적이고 부부의 틀을 깨는 가장 비겁한 일일 겁니다.

선택은 여러분의 몫입니다.

부부는 갑과 을의 관계가 아닙니다.

순수 그대로 부부의 관계입니다.

일직선상에 서 있는 그런 관계, 누가 위고 누가 아래고 그런 관계가 아니라는 것을 잊지 마세요.

선과 악

선과 악을 어떻게 구분을 하나요? 정의를 하자면 쉽지는 않을 거예요.

선도 악도 표시가 있는 것도 아니고 줄이 쳐 있는 것도 아니기에 구분하기란 쉬운 것은 아닙니다.

선한 사람을 표현할 때 우리는 법이 없어도 될 사람이라고 표현을 할 때가 있습니다.

본래 심성이 악한 사람은 없습니다.

세상을 살아가다보니 이리 채이고 저리 채이다 보니 자신도 모르게 다른 사람에게 사람으로서 하지 말아야 할 일들을 행할 때가 있습니다.

우리는 그것을 악이라 표현을 하지 않나요.

여러분은 선한 사람인가요.

아니면 악한 사람인가요?

착하디 착한 사람 법이 없어도 이 세상을 살아갈 수 있는 사람들이 아닌가요.

세상은 너무 선하면 다른 사람들한테 당하기만 한다고도 합니다.

때론 선을 벗어던지고 악의 모드로 갈 때도 있을 거예요.

불의를 보고도 선으로 갈 건가요?

아니면 잠시 선을 벗어놓고 싸울 건가요?

아니면 불구경 하듯이 쳐다보고

그 자리를 피해버릴 건가요?

선택은 여러분에게

맡기겠습니다.

희망 사항

여러분의 희망 사항은 무엇인가요?

꼭 해보고 싶은 일들 또는 가장 받고 싶은 선물?

아니면 지금처럼 무탈하게 살아가는 것이 가장 바라는 희망 사항일지도 모릅니다.

지금 우리 나이에 새로운 일에 도전하기에는 늦은 감은 있지만 도전이란 것은 어느 누구의 전유물도 아니고 모두가 도전할 수 있는 일 아닌가요?

희망 사항은 그리 크지 않아도 되잖아요.

거창한 꿈을 꾸는 것도 아닌데 못할 것이 없어요.

어쩌면 단순하게 복권이 당첨이 되어 보았으면 하는 희망 사항.

억 단위가 아니라 천 단위라도 당첨이 되어 보았으면 하는 희망 사항 누구나 한 번쯤 생각해보는 희망 사항 아닌가 싶네요.

일확천금을 노리는 것도 아니고 노력 없어 대가를 바라는 것도 아닌데 한 번쯤 나도 그래 봤으면 하는 희망 사항.

나의 희망 사항은 울 친구들이 모두 대박나는 꿈을 꾸는 것이 희망 사항이네요 .

오늘 그 희망 사항 꿈 이루어 보세요.

꿈이지만요.

이루어질지도,

모르잖아요.

세월아 세월아 같이 가자꾸나

세월아, 세월아?

너도 어차피 흐르는 것인데 거기에 우리도 같이 가면 안 되겠니?

쉼 없이 흘러서 저 먼 곳까지 갈 것이 아니겠니,

네가 흘러가는 곳으로 우리도 같이 가자꾸나.

우리도 너를 따라서 그곳으로 가고 있지만 우리 함께 같이 가자꾸나.

그곳이라야 별것 없다지만 그래도 모두가 그곳으로 가고 있지 않니.

아직은 너를 따라서 가기에는 이르지만 조금씩 조금씩 네가 흐르는 대로 맞추어 갈 테니 뒤쳐지더라도 가끔 뒤도 돌아보아 다오.

우리는 너를 벗 삼아 친구 삼아서 가까이서 따라갈 테니까 세월의 손도 잡아주고 너도 나를 벗 삼아

친구 삼아서 살아온 날들을 이야기하면서 가자꾸나.

누구도 너를 원망하는 이 없고 너를 탓하는 이 없으면 되지 않겠니?

세월아?

너도 우리를 나무라지 말고 우리가 살아온 날들을 좋은 일이건 나쁜 일이건 그냥 들어만 다오.

그것이 너는 세월이고 우리는 인생이잖니.

너를 나무란들 우리를 탓한들 무슨 소용이 있겠니.

살아온 날이 화려했던 구질구질하게 살았던 이미 지난 일들일 수밖에 없지 않니.

지금부터라도 더 화려하게 살면 되지 않겠니?

우리도 네가 내민 끈을 놓지 않고 두 손으로 꼭 잡고 갈 테니 너도 우리를 놓지는 말아 다오.

세월아?

부탁한다.

일터

나의 일터에는 친구들을 포함해서 많은 사람들이 다녀갑니다.

그 흔한 친환경 쌈채 농사를 짓다 보니 먹거리는 친환경 농산물을 먹어야 한다며 알음알음으로 찾아오기도 하고, 택배로 주문을 해서 먹고 싶다는 고객까지 전화도 수월찮이 오는 편입니다,

비록 남들이 꺼리는 비닐하우스 농사지만 자부심까지는 아니라도 여기서 내가 할 수 있는 일이 있다는 것이 감사할 뿐입니다.

직장인들은 월급을 받아서 가정의 생계를 꾸려가지만 나는 하우스 농사를 지어서 생계를 꾸려가니까요.

남들보다 적게 벌지는 몰라도 그 나름대로 재미있으니까요.

나는 이곳을 찾아오는 사람들이 모두 행복해졌으면 하는 바람이고 또 시골의 정취를 만끽하고 갔으면 더 없는 바람이지요.

이곳이 많은 사람들의 만남의 장소가 되고 언제든지 찾아올 수 있는 그런 장소가 되었으면 더 좋겠네요.

이곳은 여러분의 친구가 운영하는 농장이기에 여러 친구들도 언제든지 찾아오면 나는 환영합니다.

과거와 현재와 미래의 모습은

여러분의 과거의 모습은 어땠나요?

누구나 다 그렇고 그런 모습으로 특별하지 않은 모습으로 학교를 다녔을 테고 직업 전선에서 열심히 일을 했겠지요.

그러다가 좋은 배필을 만나서 티격태격하며 결혼 준비를 해서, 그래도 이 사람 정도면 내 한 몸 맡겨도 후회가 없을 것 같아서 결혼까지 했을 겁니다.

아마도 대부분 이런 과정을 거쳐서 지금 현재까지 온 것이 아닐까 생각합니다.

현재는 성장한 아이들을 짝을 찾아주려고 좋은 며느리와 좋은 사위를 맞이했으면 하는 바람이 간절하게 드는 때가 아닌가요.

아직은 은퇴를 할 나이가 아니지만 젊었을 때 노후준비라도 해야지 하는 생각 한 번쯤 하잖아요.

머리에 흰 머리도 보이고 주름도 생기고 먹어도 배가 안 나왔으면 좋겠다고 투덜거리기도 하고 한 해 한 해 달라지는 자신의 모습을 보면서 나도 나이를 먹는구나 이것이 지금의 우리의 모습이 아닐까 합니다.

나이를 더 먹으면 우리는 어떤 모습으로 살아가고 있을까?

그때도 지금처럼 친구들과 어울리며 살아갈 수 있을까?

모두가 궁금해 하는 미래의 모습이 아닌가 하네요.

내 수명은 얼마나 될까, 난 아프지는 말아야 할 텐데, 다들 이런 생각 하지 않나요?

여러분의 미래는 어떤 모습이었으면 좋을까요?

흔한 말로 곱게 늙어서 지금처럼은 아니겠지만 친구들과 살아온 날을 이야기하면서 지냈으면 하는 모두가 바라는 바람 아닌 바람이 아닐까 싶네요.

여러분의 미래에도 지금처럼만

꼭 그렇게 되었으면

좋겠습니다.

친구의 자리

친구란 무얼까요?

소꿉친구부터 학교 친구 사회 생활을 하면서 맺어진 친구까지 여러 형태의 친구가 있습니다.

소꿉친구는 어릴 때 초등학교를 들어가기 전에 집주변에서 소꿉놀이를 하며 놀던 친구잖아요.

또 학교 친구라면 초등학교 6년을 같이 다니면서 볼 것 안 볼 것 다 보고 자란 친구이고 가장 정이 많이 가고 가장 보고 싶은 친구들이 아닌가 합니다.

어엿한 사회인이 되고 가정을 꾸리고 살다 보니 한 해 한 해 나이를 먹어가다 보니 옛 친구들이 보고 싶고 지금쯤 친구는 어디에서 어떻게 살고 있을까, 어떻게 변해 있을까, 한 번쯤 보고 싶다는 생각이 드는 우리들 나이.

수십 년 만에 보면 서로가 얼굴을 알아볼 수가 있을까 고민 아닌 고민 할 수 있잖아요.

친구는 언제나 친구의 자리에 있을 때 가장 빛나는 것이 아닐까요?

직장에서 상사로 부하로 만나더라도 밖으로 나오면 친구가 되어주는 그게 바로 친구의 자리가 아닐까 해요.

돈이 많아서 금전적으로 도와주는 것도 좋겠지만 그냥 주는 것 없어도 친구의 자리를 저버리지 않는 것이 더 가치가 있고 친구로서 지켜야 할 가장 첫 번째가 이것이잖아요.

친구의 자리가 어려운 자리인가요? 친구끼리 서로 소통하며 소주도 마셔가며 어차피 같이 가는 인생 서로 손잡아주고 힘들어할 때 위로의 한 마디 해주고 지쳐있을 때 일으켜 세워주고 이런 것이 친구가 해야 할 일들이잖아요.

친구 몫을 대신 살아달라는 것도 아니잖아요.

친구는 이 세상을 다하는 그날까지 이름을 불러준다면 더 좋겠지요.

친구는 인생의 조언자도 되고 쓸쓸함도 덮어주는 그런 존재.

비가 오면 우산도 씌워주고 눈이 오면 어깨에 쌓인 눈도 털어주고 바람이 불면 바람막이가 되어주는 그게 바로 친구이지요.

배운 게 많아서 가진 게 많아서란 친구는 그런 것을 논할 필요가 없는 것 아닌가요.

친구란 이래서 좋은 것입니다.

내 친구가 이런 친구라서~~~

행복은 마음속에~~

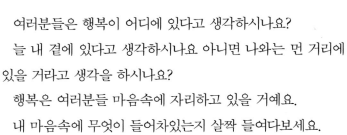

여러분들은 행복이 어디에 있다고 생각하시나요?

늘 내 곁에 있다고 생각하시나요 아니면 나와는 먼 거리에
있을 거라고 생각을 하시나요?

행복은 여러분들 마음속에 자리하고 있을 거예요.

내 마음속에 무엇이 들어차있는지 살짝 들여다보세요.

갈등과 미움이 불행과 시기가 가득 차 있는지조차 모르고
살아오지는 않았는지 말입니다.

여러분 마음속에는 행복이란 두 글자가 새겨져 있을
거예요.

여러분들 마음속을 들여다보세요.

진짜 내마음속에도 행복이라는 것이 자리하고 있는지요.

행복은 누구의 마음속에 있는 것이 아니라 바로 여러분들
마음속에 있으니까요.

지금까지 늘 불행하다고 생각하면서 살아오지는 않았
나요?

왜 나한테만 이런 일이 일어날까?

이런 생각 한번쯤 해보았을 겁니다.

어떤 일이든 누구한테도 올 수 있는 일들 아닌가요?

행복은 이런 일 저런 일을 모두 겪어야 오는지도 모릅니다.

행복을 두 배로 느끼게 하려고 하는지도 모르잖아요.

그때 그 행복을 잡으세요.

그리고 마음속에 간직하세요.

살아있는 그날까지 행복할 수 있도록,

그 행복이 오래갈 수 있도록 말입니다.

가슴으로 여는 세상

세상이라는 곳은 누구나 혼자서 살아갈 수가 없는 곳입니다.

가진 자든 못 가진 자든 남의 힘을 빌어서 살아갈 수밖에 없는 곳이 이곳이 아닌가요.

독불장군이라 할지라도 스스로의 힘만으로 살아갈 수가 있을까요?

잘났어도 못났어도 서로 돕지 않고서는 살아갈 수가 없는 곳이 이곳 세상이지요.

예전에 기마전을 많이 보아 왔을 겁니다

셋 중에 어느 한 사람이라도 주저앉으면 아무런 게임도 할 수가 없잖아요.

두 명이 되든 열 명이 되든 서로의 힘을 합해서 해야 하는 게임이든 일이든 서로가 도울 수밖에 없잖아요.

혼자 잘났다고 상자의 모서리처럼 불거진다면 그 모서리는 이리 채이고 저리 채이고 해서 둥글둥글하게 되잖아요.

모가 난 성격을 가진 사람은 어느 장소에서도 보이는 법이고 반면에 둥글둥글한 성격을 가진 사람은 어느 장소에서도 대접을 받지 않나요?

어느 누구든 모날 줄을 몰라서 안 하는 것이 아니라 최소한으로 상대에 대한 예의를 지킬 줄 알기 때문일 겁니다.

이 세상에서 누구든 손해를 보고 싶은 사람은 없을 겁니다.

사람의 관계에서 한번쯤 손해도 한번 보세요.

그러면 상대는 여러분을 머리 깊숙이 기억을 할 겁니다.

먼 훗날 또다시 인연이 되었을 때 상대는 여러분을 기억하지 않을까요?

당장의 이익에만 매달리지 말고 먼 훗날에도 여러분이 기억될 수 있는 그런 사람이 되었으면 좋겠습니다.

지금은 세상이 너무 삭막하고 자신의 이익에만 급급하다 보니 남이야 채이든 말든 내 일이 아니니까 외면하기 일쑤이고 감동 받을 일보다 손가락질 받을 일들이 매일매일 뉴스를 장식하네요.

양보란 것이 무색해지는 요즘입니다.

사는 형편은 좋아졌는데 살아가는 방식은 퇴보를 한 것 같아요.

흔히들 그러지요 옛날이 그립고 그때가 좋았다고 우리들 세대에서는 맞는 말이 아닐까요?

우리만큼만이라도 정도 주고 양보도 하고 가슴으로 여는 따뜻한 세상을 만들어갔으면 좋겠습니다.

사랑아 사랑아?

사랑아 사랑아?

누구나 너를 위해서 몸부림치고, 너를 위해서 살아가고, 또 너 때문에 울기도하고, 웃기도 하고 너라면 누구나 기쁨을 그리며 살아가고 있단다.

어디에다 붙여도 어울리고 어디에서 불러도 싫지 않은 사랑! 감미롭다 못해 눈물까지 흐르게 하는 사랑!

어린아기부터 100세가 되신 어른까지도 너는 누구나 듣기 좋아하고 남녀노소 구분할 것 없이 너를 입에 달고 귀에 걸고 살아가고 있단다.

너는 어쩌면 세계 공통어가 되어버린 듯하지 않니?

사랑아 사랑아?

수없이 많은 노래 가사에도, 드라마에도, 영화에도, 네 이름 사랑이라는 단어가 들어가지 않은 것은 많지가 않은 것 같구나.

너도 사랑이라는 두 글자가 어디에서도 들을 수 있고, 어디에다 붙여도 싫지는 않겠지?

사람이 살아가는 데는 꼭 사랑이라는 두 글자가 있어야 되니까 말이다.

　사랑이라는 말이 없다면 너도 나도 삭막하고 무미건조한 삶이 아니겠니?

　그래서 누구나 다 내 옆에는 너 사랑이 있어야 된다고 생각을 하고 너 때문에 정도 주고 너 때문에 용서도 하고, 너 때문에 이 세상을 살아가고 있단다.

　너를 이용해서 우리의 삶이 즐겁다면 너도 좋은 일이 아니겠니?

　모든 이들은 너를 위해서 존재하는 그날까지 사랑이라는 두 글자를 외치며 살아갈 것이란다.

　사랑이란 모든 이에게 눈물을 흘리게 할 수 있는 모든 것을 녹일 수 있는 그런 존재가 아니겠니?

　우리는 평생을 너를 외치며 두 손 모아 기도를 할 것이다.

앞으로 남은 50년?

평균 수명을 100세로 본다면 우리에게 남은 시간이 50년 정도가 남았다고 합니다.

지금까지 살아온 것은 우리가 앞으로 살아가는 데 필요한 지식과 경험을 익힌 것이고 그 지식과 경험을 바탕으로 앞으로 50년이란 시간을 채워야 합니다.

지금까지는 큰 아픔 없이 살아온 사람도 있을 것이고 아이들 때문에 마음고생한 사람도 있을 것입니다.

기뻤던 일들과 슬펐던 일들도 모두 50년을 살아가는 데는 큰 도움이 될 겁니다.

지금까지 살아오면서 보고 듣고 손으로 만져본 것 모든 것은 남은 50년이 즐거울 수도 있고 외로울 수도 있습니다.

앞으로 10년 또는 20년을 살아가면서도 우리는 새로운 일들에 부딪히게 될 겁니다.

처음 보는 일들도 있을 것이고 또 처음 겪는 일들이 나한테서도 너한테서도 일어날 수가 있고 그럴 때마다 서러워하지 말고 내 모습이려니 하고 슬퍼하지 말고 웃어넘기는 지혜도 있어야 될 겁니다.

누구의 의지보다 내 의지가 중요하고 누구를 탓하지도 말고 내 탓을 하고 이 방식이 앞으로 우리가 살아가는 데 필요한 방식이 아닐까 합니다.

지금이야 모두가 젊다고 하겠지만 우리라고 30년 후에도 지금 같을까요?

세상은 내 편이 아니라 남의 편이고 세월 또한 내편이 아닙니다.

의지할 것은 오로지 자신밖에 없다는 것을 잊지 마세요.

20년 30년 뒤에도 치매에도 걸리지 말고.

그 흔한 가벼운 감기라 할지라도 걸리지 말고.

병원을 내 집처럼 다니지 말고.

구급차를 내 자가용처럼 생각하지 말고.

이런 것이 남은 50년을 살아가는 데 조금이나마 도움이 된다면 그때도 지금처럼 행복하지 않을까요?

마음의 뚜껑을 열어 보세요!

항아리에는 뚜껑이 있습니다.

그 속에 장이 들어있다면 햇빛이 좋을 때는 꼭 뚜껑을 열어서 햇빛을 쬐이고는 했지요.

이유 없이 뚜껑을 여는 것이 아니라 장이 맛있게 담가지라고 하는 것임을 주부들이라면 모르지는 않을 거예요.

이렇듯 우리의 마음도 햇빛 좋은 날에 항아리 뚜껑을 열듯이 한번 열어보시면 어떨까요?

지금껏 닫혀있었다면 더 활짝 열어서 따가운 봄 햇살도 맞고 봄의 따뜻한 기운을 받아서 살아간다면 더 행복하지 않을까요?

스스로도 내 마음이 열렸는지 닫혔는지조차 모르고 살아왔을지도 모르잖아요.

나는 열렸는데 너는 닫혔다고 할 것이 아니라 내가 닫혔을지도 모르잖아요.

누구나 상대방 탓을 많이 하잖아요.

너 때문에 안 되는 줄 알았는데 돌아보니 나 때문에 안 되는 것도 모르고 착각 속에서 살아온 적 없나요?

마음의 뚜껑을 열면 여러분의 마음도 밝아질 것이고 삶의 자체가 즐거울 겁니다.

매일매일 직장에서 일터에서 찌든 모습을 보여주는 것보다 더 밝아진 여러분의 모습을 보여준다면 얼마나 좋겠습니까.

뚜껑이라 하면 보통 그릇에 많이 있는 것이 일반적이지요.

그러나 우리의 마음에도 뚜껑은 있습니다.

여러분 마음속에 손잡이가 있는 것 모르세요.

그 손잡이를 잡고서 한번 힘껏 열어보시면 어떨까 합니다.

남들한테 마음을 열라고 하지 말고 나부터 마음의 뚜껑을 열어서 상대를 이해한다면 상대방도 분명 마음의 뚜껑을 열겠지요.

그날이 빨리 왔으면

좋겠습니다.

벗이여, 벗이여!

벗이여, 벗이여?

시골에는 지금 아카시아 꽃이 활짝 피어서 꽃내음이 풀풀 나는 것이 얼마나 좋은지 모르겠어.

도시와는 다르게 시골은 풍성한 게 많아서 너무 좋단다.

도시는 도시대로의 좋은 점도 있겠지만 시골도 도시 못지 않게 좋은 점이 많은 곳이란다.

벗이여?

벗들은 모두들 시골에서 태어나서 자랐기에 시골을 잘 알고 있잖니?

지금도 가끔은 시골을 찾아서 시골 정취를 맛보곤 하잖니?

내가 알고 벗이 아는 시골은 부족하지만 그 나름대로 운치도 있고 정겨움이 묻어나는 곳이 아니겠니?

벗들도 지금은 도시의 생활에 젖어서 시골이 불편할 수도 있겠지만 그런 곳이 시골이란다.

시골이란 봄에는 온 산이 붉으락푸르락 꽃들이 만발하고 여름에는 매미 소리에 여치 소리까지 온 시골을 울리는 곳,

가을에는 산들과 넓은 들판이 붉게 물이 들어 색깔의 향연이 펼쳐지는 곳이란다.

겨울에는 굳이 눈꽃 축제에 가지 않더라도 집 앞에서 또는 창문을 통해서 겨울의 정취를 만끽하는 곳이 바로 시골이란다.

벗들이여?

여러분의 친구는 이런 곳에서 살고 있어.

사계절을 몸으로 맞이하는 시골에서 말이야.

벗들아?

나를 만나지 않아도 좋으니까

시골의 정취를 느끼고 싶다면 언제든지 찾아와라.

나는 벗들을 두 팔 벌려서 안으련다.

우물 안의 개구리

우물 안에 개구리가 빠졌다면 세상 밖으로 나오려고 그 개구리는 있는 힘을 다해서 헤엄도 쳐보고 벽을 타고 오르기도 하겠지요.

우물 안과 우물 밖 세상과는 천지 차이이고 어쩌면 그 안에서 개구리의 일생을 마감할 수도 있을 테니까요.

누가 꺼내주던지 아니면 타고 오를 수 있는 장대를 넣어주어야만 넓은 세상을 만날 수가 있을 거예요.

개구리도 나올 수 있을 거라고 생각하고 뛰어들어갔겠지요.

그런데 막상 들어가 보니 내가 움직일 수 있는 공간은 정해져 있고 내 힘으로는 나올 수 없고 그래서 우물 안의 개구리라는 말이 나온 것인지도 모릅니다.

사람도 어느 순간에 자력으로는 나올 수 없는 곳에 빠져 허우적거릴 때가 있습니다.

흔히 이런 말 하잖아요. 닭머리에 표현할 때가 있지요.

닭이 기억력이 많이 부족하다고 합니다.

우리는 개구리처럼도, 닭처럼도 아닌 사람으로서 현명한 생각을 해야지요.

우리의 일상생활에서도 기분전환 겸해서 색다르게 해보면 어떨까요?

남들이 보면 이상하다고 할 수도 있겠지만 그러면 어때요 우리가 언제 남들 눈치를 볼 나이인가요.

우리의 생각이 중요하지 않나요?

반은 살아왔는데 이제 반만 채우면 되잖아요.

그 반 속에는 우리가 할 수 있는 일들이 무궁무진하다는 것 알잖아요.

우리가 안 해서 그렇지요.

너무 어렵게 생각해서 시작이 늦을 수도 있을 테니까요.

빈 깡통

깡통에 어떤 것이든 꽉 차있으면 아무리 흔들어도 소리가 나지 않습니다. 그러나 빈 깡통에 조그마한 것이 들어있을 때 흔들면 요란하게 소리가 납니다.

사람도 그렇듯 얕은 지식으로 상대를 대할 때 요란하게 이야기를 하는 사람이 있습니다.

많이 아는 것도 없으면서 많이 아는 척 많이 들은 척 그때는 그렇게 해도 통할지 모르겠지만 얼마 못 가서 들통이 나기 마련입니다.

사람도 많이 알고 많이 들은 사람은 상대를 대할 때는 겸손해집니다.

겸손하고 배려할 줄 알고 사랑할 줄 아는 사람은 요란하지 않습니다.

얕은 지식으로 요란하게 겸손도 배려도 사랑도 할 줄 모르는 사람은 타인으로부터 외면을 받을 뿐입니다.

같은 말을 하면서도 한 사람은 찬사를 받고 또 한 사람은 외면을 받는다면 아마도 그 한 사람은 종잇장처럼 얇은 지식으로 깊은 지식처럼 늘어놓아서 그랬을 겁니다.

우리는 요란한 사람보다는 남을 배려와 사랑으로 지혜와 덕으로 감싸 안을 줄 아는 사람이 되어야 하겠습니다.

남편이 미워질 때 아내가 미워질 때?

남편이 미워질 때 또는 아내가 미워질 때가 있지 않나요?

살아가다 보면 이런저런 이유로 미워질 때가 있잖아요.

곰곰이 생각을 해보면 상대에게 기대감이 있을 때 그 기대감이 충족되지 않을 때 미워지지 않나요?

남편에게서 아내한테서 어떤 것을 받고 싶은데 그것을 받지 못했을 때, 아니면 엉뚱한 것을 받았을 때 미워지지 않을까 합니다.

그렇다고 큰 것을 바라는 것도 아닌데 몇만 원짜리 커 봐야 몇십만 원짜리겠지요.

서로가 가정이라는 울타리를 꾸리고 살아가면서 살다보면 별것도 아닌 일에 화를 내기도 하고 일부러 들으라는 식으로 더 큰 소리로 화를 내기도 하잖아요.

서로에게 기대감이 크면 클수록 미워지는 것도 오래갈 수 있으니 기대감을 반으로 줄여서 한다면 어떨까요?

누구나 기대치는 큽니다.

그렇지만 그 기대치만큼 받으면 좋겠지만, 0.2프로 부족하게 받을 때 있잖아요.

미워해도 남편이요 아내인 걸요.

어쩔 수 없다 하고 한 수 접고 토닥여 주세요.

어쩌면 그게 세상 살아가는 최선의 방법일지도 모르잖아요.

사랑은 펴고 미움은 접고 아마도

이것이 삶의 지혜가

아닌가 합니다.

흔적

여러분이 지금까지 살아온 흔적은 어땠나요?

좋았던 흔적도 있고 기억하기 싫은 흔적도 있을 겁니다.

사람으로 태어나서 흔적 없이 살아갈 수는 없겠지요.

눈밭에 발자국 남기듯이 사람은 태어나면서부터 흔적을 남기게 됩니다.

명예를 가진 사람은 이름을 남길 것이고 부를 가진 사람은 부를 남기겠지요.

우리 평범한 사람들을 도대체 무엇을 남겨야 되죠?

정말 남길 것이 별로 없는 것 같네요.

한평생 마음 고생 하지 않고 살 수도 없고, 우리는 그냥 평범하게 사랑을 남김이 어떨까요?

그 흔한 사랑 말이에요.

발자국을 남길 수 없다면 사랑만큼 큰 것도 없잖아요.

우리는 지금부터라도 기억될 수 있는 좋은 흔적을 남길 수 있도록 노력해보면

어떨까 하네요.

떠들썩한 이름이 아니더라도 오래오래 좋은 기억으로 남을 수 있는 그런 흔적이면 더

좋겠네요.

일상에서의 행복하기

우리에게 늘 있는 일상은 평범하기 짝이 없습니다.

특별한 날보다 그냥 매일매일 다가오는 일상,

우리는 그 일상에서 행복을 찾아야 합니다.

친구들과 매일매일 카톡을 주고받고 습관처럼 안부인사하고 특별한 얘기가 아니더라도 누구는 어떻게 지내고 있고 또 누구는 무슨 일이 있더라.

자질구레한 얘기를 주고받으면서 그 속에서 행복을 찾아야 합니다.

매일 다가오는 일상은 특별한 것보다는 평범하게 하루를 재미나게 보내는 속에서 행복도 있고 내가 살아있다는 느낌도 받고 어느 기념일보다도 행복할 수가 있습니다.

기념일이라야 1년에 몇 번이나 될까요?

생일과 결혼기념일 또는 그밖에 기념일 정도 다 합쳐야 다섯 번 정도나 될까요?

365일중에 다섯 번 행복하고 나머지는 행복하지 않다면 여러분은 어느 쪽을 선택을 할까요?

늘 있는 일상은 이렇게 해도 저렇게 해도 하루는 지나
갑니다.

매일 보는 사람과 매일 똑같은 말을 하더라도 행복합니다,

주고받고 하는 게 없어도 카톡에서 말 한마디로 웃음을
만들어내고 말 한디로 위안을 받고 이런 것이 일상의 행복이
아닐까 하네요.

행복이 별것 있나요?

그냥 웃을 수 있으면 그게 행복이잖아요.

웃으면서 하루를 시작하면 어느 특별한 날보다도 더 좋은
것 아닌가요?

우리 모두 매일매일 웃으면서 일상에서 행복을 찾는 사람
들이 되었으면 좋겠네요.

실수는?

사람은 누구나 실수를 하면서 살아가고 있습니다.

우리는 기계가 아니잖아요.

기계라 할지라도 오작동을 할 때가 있는데 하물며 사람은 기계보다 더 실수를 하겠지요.

누구이던 사람이라면 작던 크던 실수를 하면서 살 수밖에 없지요.

한 번의 실수는 사람을 만들고 또 한 번의 실수는 인연을 맺고 우리는 그렇게 하면서 이 세상을 살아갑니다.

빈틈이 없는 사람은 다가가기가 힘들지요.

완벽한 사람이야 없겠지만 실수도 빈틈도 없는 사람은 남이 실수하는 것을 이해하려고 하지를 않습니다.

스스로 완벽하다고 믿기 때문이겠지요.

혼자 완벽하면 무엇이 달라지는지요?

가끔은 실수도 하고 빈틈도 있고

흐트러진 모습도 그것이 우리의 진짜 모습이 아닐까요?

너무 틀에 짜여진 모습보다 솔직하게 삐뚤어진 모습이 더 정겹기도 하고 이해하기도 쉽고 그런 모습 괜찮지 않나요?

노래방을 가보면 사람다운 모습을 많이 보잖아요.

평소에는 얌전해도 꼭 노래방을 가서는 진짜 다른 모습을 볼 때가 있잖아요. 딱딱한 사람보다는 부드러운 사람이 더 인간미가 느껴지잖아요.

우리는 완벽한 사람이 되기보다는 실수를 하는 사람!

조금 모자란 듯 꽉 찬 그런 사람이 되었으면 좋겠습니다.

나는 세월을 기다리지 않는다
또한 세월도 나를 기다려주지 않는다

나는 세월을 기다리지 않을 겁니다.

무수히 지나가는 세월을 기다린들 우리에게는 머물지 않으니까요.

강물이 소리 없이 흘러가듯이 세월 또한 지나가니까요.

기댈 것도 얻을 것도 없는 세월 그냥 지나가게 내버려 두세요.

잡는다고 기다린다고 해도 우리에게는 소리 없이 무수히 지날갈 테니까요.

세월이 나를 기다려줄 거라고도 믿지 마세요.

내가 그냥 세월 속에 묻혀서 지나갈 뿐이지 어느 누구도 기다려주지를 않습니다.

세월을 이기려고도 하지 말고 또 져주지도 마세요.

이기던 지던 말이 없는 게 세월이니까요.

세월이 한 마디라도 대꾸라도 했으면 좋으련만

묵묵히 지나갈 뿐 우리는 친구처럼 애인처럼

어깨를 나란히 하고 느리지도 않게 빠르지

도 않게 물 흐르듯 지나갑니다.

우리를 기쁘게 하는 것은?

세상에서 우리를 기쁘게 하는 것은 수없이 많습니다.

돈이 많아도 기쁠 수 있겠지만 돈은 좋을 뿐이고 우리 스스로를 가두기 때문에 결코 기쁘다고만 할 수는 없습니다.

우리가 필요한 만큼만 있으면 행복하지 않을까요? 돈이 꼭 행복을 가져다주지는 않으니까요.

세상의 갑부들이 모두가 행복하고 기쁠 거라고 생각하시나요?

생각의 차이만은 아닐 거라고 생각합니다. 세상의 갑부들도 불행과 시련이 있기 마련입니다.

돈이 없어도 얼마든지 행복하고 기쁘게 살아갈 수 있잖아요?

언제 어디서나 친구들과 밥 한 끼를 먹으며 커피 한 잔 마실 수 있는 친구가 있으면 행복한 것 아닌가요?

비싼 음식이 아니면 어떻습니까.

싼 된장찌개를 같이 먹어도 행복하지 않나요?

누군가와 같이 밥 한 끼를 먹으면서 이런저런 세상 사는 이야기도 나누고 즐겁게 또 다른 날에 만남을 약속하고 헤어지면 그보다 더 기쁘고 행복한 일이 있을까 합니다.

점점 만날 수 있는 날들보다 만나지 못하는 날이 다가올 수도 있잖아요.

걸을 수 있을 때 말할 수 있을 때 마주보고 웃을 수 있을 때 그때가 지금이 아닐까요?

지금 이 순간을 기쁘고 행복하게 만들어보세요.

내일이 행복해지니까요.

그리고 또 내일이 기대되니까요.

내 마음을 담을 그릇은?

　내 마음을 담을 그릇은 작지도 크지도 않습니다.

　그릇이 작으면 적게 담고 그릇이 크면 많이 담을 수 있겠지만 욕심내지 않겠습니다.

　내게 주어진 사랑만큼 행복만큼만 담으렵니다.

　사랑도 행복도 넘치면 좋겠지만 버려지는 사랑보다 사라지는 행복보다 그릇 속에 담겨져 있는 사랑과 행복이 더 소중하니까요.

　지켜지지 않는 사랑 품어줄 수 없는 행복은 내 것이 아니기에 욕심을 버리겠습니다.

　나는 내 그릇에 담을 만큼만 사랑과 행복을 담으렵니다.

　내 그릇은 구멍이 나지 않았기에 사랑도 행복도 새어나가지를 않습니다.

　만약에 그릇에 구멍이 나 있다면 사랑으로 막고 또 구멍이 나면 행복으로 틀어막으렵니다.

　내 마음에 담을 그릇은 사랑과행복이 가득하니까요.

나는 이 길을 오늘도 지나갑니다

나는 오늘도 이 길을 지나가고 있습니다.

매일은 아니지만 1주일에 4~5번 정도를 지나갑니다.

지날 때마다 똑같은 길이지만 평소와도 달라진 것 없이 같은 길을 가고 있습니다.

하루 이틀을 지나다 보니 길옆에 이름 모를 야생화도 수줍게 꽃봉오리가 맺히더니만 보라색깔의 꽃이 피었네요.

아카시아 꽃향기가 가득한 곳을 지나갈 때에는 코가 즐겁고 높지 않은 산에서 핀 꽃들은 눈을 즐겁게하고 있습니다.

차가 지날 때마다 길옆의 잡초들은 바람에 쓰러질 듯 쓰러질 듯하다가 이내 다시 일어나고 고진감래를 겪으면서 씨앗을 만들어 내겠지요.

하루가 지날 때는 모르지만 하루가 이틀이 되고 사흘이 되고 또 1주일이 되면 처음 지나갈 때와는 눈에 띄게 달라지는 그 길!

만약에 앞만 보고 지나갔다면 길옆에 어떤 꽃들이 어떤 풀들이 자라고 있는지 모르고 지나갔을 겁니다.

50년이란 시간을 우리들은 대부분 이렇게 지내왔을 겁니다.

찬찬히 한 번 들여다볼 시간조차 없이 꽃들이 어떤 모양인지 풀은 어떤 시기에 씨앗을 맺게 되는지 어느 시기에 무슨 꽃들이 피는지 지금까지는 달려가기 바빴습니다.

뒤처지는 것도 싫어서 앞만 보고 달렸네요.

지금 이 순간에도 매일 가던 길을 달리고 있을 여러분들도 한 박자만 쉬면서 늦추어보세요.

볼 것이 너무 많은 세상입니다.

다는 볼 수 없다 하더라도, 여러분이 가고 있는 길에서 행복을 찾아보세요.

눈이 즐겁고 코가 즐겁고 귀가 즐거울 수 있도록 말입니다.

보고 싶은 것만 보려고 하지 말고 다른 시선으로 보아주세요.

지금까지는 그냥 무심코 지나쳤지만 오늘 지금 다시 한 번 보세요.

꽃들은 풀들은 새들까지

여러분이 쳐다볼 때 그때서야 비로소 살아있는 느낌을 받을 테니까요.

노력 없는 성공은 무너지기 쉽습니다

세상의 일 중에서 노력 없이 시련 없이 이루어지는 일은 하나도 없습니다.

대인관계에서도 성공의 길에서도 모두 노력이 뒤따라야 이루어질 수 있습니다.

세상 일이 저절로 시간이 가면 이루어진다고 생각하시나요?

지금까지 여러분은 아무런 노력도 없이 사람을 만나고 성공의 길로 왔을까요?

나름 성공이라는 것을 이루기 위해 부단히 노력을 해 왔을 겁니다.

어떤 때는 자존심도 굽히고 또 어떤 때는 굴욕을 참으면서 성공이라는 것을 위해서 내가 가진 것을 포기할 때도 있었을 겁니다.

노력 없는 성공은 무너지기 쉽습니다.

너무 쉽게 이루어졌기에 스스로 나태하고 자만심에 빠져서 또 다른 성공도 이루어질 거라고

자만을 할 테니까요.

쉽게 얻어지는 성공이 있을까요?

누구나 다 성공을 한다면 그것은 성공이 아니겠지요.

수십 년을 공을 들이고 할 수 있는 노력을 다한다 해도 그 사람의 운도 있어야 하고 때도 잘 맞추어졌을 때 비로소 성공이라는 것을 이룰 겁니다.

쉬운 성공을 바라지 말고 요행도 바라지 말고 노력하는 성공이기를 바랍니다.

내일이 이런 날이었으면?

내일이 세상에서 가장 기분 좋은
날이었으면 좋겠네요.
복권이 당첨되는 것보다 더 좋은 그런 날!
아침부터 보는 사람마다 만나는 사람마다, 걸려온 전화마다 모두 칭찬을 하는 그런 날이었으면 좋겠네요.
오고가는 차에서도 서로 손을 흔들어주는 가장 기분 좋은 날이었으면 좋겠습니다.
조금 실수를 해도 조금 양보를 못했어도 서로가 웃으며 이해를 해주는 그런 날이었으면 좋겠습니다.

친구들과 이야기하면서 지난날의 추억을 호주머니에서 꺼내어 하루 종일 이야기했으면 하는 그런 날.

우리에게 그런 날이 왔으면 좋겠습니다.

아무런 이유 없이 싱글생글 그런 날이 우리에게도 올까요?

희망 섞인 이야기이지만 꼭 우리 모두에게 그런 날이 왔으면

정말 좋겠습니다.

제5의 계절에서

봄은 봄인데 날씨는 여름인가 봅니다.

지금을 봄이라 해야 되는지 여름이라 해야 되는지 의문스러운 계절이네요.

산천은 푸르고 이름 모를 새소리에 귀 기울여 들으니 마음이 한결 가벼워지는 여름날 같은 날의 오후입니다.

여기저기를 둘러보아도 푸르름과 온갖 색깔의 꽃들,

신선이 산다는 곳도 이런 곳보다 더 좋을까 물어보고 싶네요.

졸졸졸 흐르는 시냇물과 돌멩이를 들추어내면 달팽이가 보이는 냇가.

어렸을 때는 속옷만 입고도 수영이라는 것을 할 때도 있었지만 지금은 나이가 들어가면서 할 수 없는 일들이 많아졌네요.

아침에 일어나면 맑은 공기를 마시며 일출 아닌 일출을 쳐다보며 오늘도 여름 날씨만큼 뜨겁겠구나 한 마디 하고는 일과를 시작합니다.

길가에 널려 피어있는 애기똥풀꽃을 유심히 쳐다보니 예쁘게 피었구나 하는 말이 저절로 나오게 되네요.

지나가는 전철을 바라보니 칸칸이 오색으로 그림을 그려놓았고 난 언제 저 전철을 타볼까 하면서 웃음이 나는 지금입니다.

아침에는 안개가 자욱하더니만 이렇게 좋은 날이 있을까합니다.

바람도 살랑살랑 불어주니 나뭇잎 뒷면이 바람에 날리어 반짝이는 오늘 오후.

오늘 날이 너무 좋은 하루였네요.

매일 이런 날이었으면

더 바랄 게 없겠습니다.

두 얼굴을 가진 기회

우리에게는 기회라는 것이 수없이 많이 있었을 것입니다.

그런데 그 기회를 우리는 많이 놓치고 많이 버렸을 겁니다.

기회인지조차 모르고 지나갔을 테니까요.

기회란 두 얼굴을 가진 것과 같아서 지금이 기회다 싶으면 사라지고 아니다 싶으면 항상 우리 주위에서 맴돌잖아요.

기회를 잡았다 하더라도 어느 순간에 물거품이 되는 순간도 있었을 테니까요.

망설임 속에서 기회를 잡은들 무슨 소용이 있을까요.

두 손으로 움켜잡아서 그 기회를 내 것으로 만들어야 진정 내 것이 되는데 기회를 잡아놓고서도 두려움과 망설임으로 놓치고 마는 그런 사람은 되지 말아야죠.

기회는 언제 어디서 어떻게 내게 다가올지 모르거든요.

우리는 항상 잡을 준비도 하고 있어야 하고 이때다 싶으면 움켜잡아서 내 것으로 만들어 보세요.

우리에게 자주 올 수 있는 기회가 아닐 거예요.

좋은 기회란 어떻게 이용을 하느냐에 달려있으니 작은 기회라도 크게 만들어보시면 여러분은 성공입니다.

성공은 작은 것을 크게 만드는 게

성공이라 부르니까요.

여러분?

좋은 기회 한번 잡아보세요

우리에게는 내일이라는
또 다른 날이 있습니다

우리에게는 내일이라는 날이 있습니다.

오늘이 지나면 또 다른 내일이 우리 앞에 다가와 있지요.

오늘 하루를 보내면서 기분 좋게 보낸 사람도 있을 것이고

그냥 그렇게 의미 없는 하루를 보낸 사람도 있을 것입니다.

오늘 하루가 즐거웠다고 오늘 하루가 우울했다고 내일도
그럴 거라고는 생각하지 마세요.

오늘과 내일은 전혀다른 삶을 살수가 있습니다.

오늘의 삶이 우리에게 전부인 양

오늘만 있는 우리가 아닙니다.

우리에게는 또 다른 내일이 있기에 오늘이 있는 겁니다.

오늘은 사랑으로 내일은 행복으로 모레는 믿음으로 우리의 삶은 이렇게 미끄러져 가듯이 세월의 미끄럼틀을 타는 것처럼 오늘도 내일을 향해서 갑니다.

오늘은 별 볼일 없이 보냈어도 오늘은 돈 한 푼 벌지를 못했어도 내일은 로또가 맞듯이 대박이 날 수도 있습니다.

우리에게는 기대되는 내일이 있으니까요.

오늘은 삶을 까먹는 인생이었어도 내일은 해 뜨는 인생이 되겠지요.

맑은 날이 있으면
비오는 날도 있듯이
우리의 삶은 이런 것입니다.
너무 어렵게 인생을 생각하지 마세요.

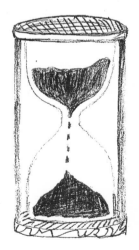

어렵다 어렵다 하면 한없이 어려운 것이 우리네 삶이 아닌 가요?

우리 한번 내일을 믿어보면 어떨까요? 좋던 싫던 우리에게 다가올 내일이라는 미래이니까요.

짧은 미래이지만 한 번쯤 믿어보시면 좋겠습니다.

수많은 날들 중에 오늘이 힘들었다고 슬픈 일이 있었다고 내일을 단정짓지는 마세요.

스스로 내일을 닫아버리는 어리석은 일은 없어야지요.

우리에게도 기가 막힌 내일이 있으니까요.

어떤 좋은 일이 생길지는 아무도 모르잖아요.

쨍하고 해가 뜰지 비구름에 소나기가 내릴지는 잠시 내일에 맡겨두세요.

아직 오늘도 다 못 살았는데 내일 걱정은 하지 마세요. 비록 오늘은 삶의 무게를 등에 졌지만 내일은 양팔을 벌려 희망이라는 것을 안을 수 있으니까요.

우리에게 내일은 맑음이요 희망이요 화창한 봄날일 테니까요.

기대해도 좋은
내일이 될 거예요.
모든 이에게~~~~~

5막 3장의 삶이란?

요즘 5막 3장이면 노을이 지는 나이라고들 합니다.

노을까지는 아니더라도 삶의 반은 모두 사용을 했습니다.

우리에게는 아직 반이 남았네요.

그 반은 지금까지 사용한 반과는 다르게 사용을 해야겠지요.

모두가 열심히 성공을 위해서 불철주야 가리지 않고 달려온 여러분!

우리 5막 3장의 나이가 많은 것도 아니요 적은 것도 아닙니다.

우리가 못 할 것이 이 세상에 무엇입니까?

지나친 두려움도 지나친 확신도 우리에게는 별 의미 없는 얘기 아닌가요?

모든 일을 새로 시작한다는 생각으로 하면 못 할 것이 없겠지요.

5막 3장에 나이는 허투로 먹은 것이 아니라 주저앉지 말라고 먹은 것 아닌가요? 내 나이가 어때서라는 노래 가사도 있잖아요.

우리 5막 3장이 뭐가 어때서요.

어느 누가 우리를 탓하겠습니까?

우리도 지금까지 누구 못지않게 남들도 사랑해주며 행복도 지켜가며 궂은 일 고운 일 모두 겪으며 여기까지 왔는데요.

나보다는 아이들을 나보다는 아내와 남편을 더 챙겨가며 이렇게 5막 3장을 이어왔습니다.

여기에 누가 돌을 던질 수 있을까요.

누가 돌을 던지면 피하지 않겠습니다.

각자 자신의 삶에 책임을 질 줄 아는 5막 3장이니까요.

이제 반은 지나갔으니 반에 대한 미련도 후회도 하지 마세요.

앞으로 반이 남아 있잖아요.

그 남아있는 반을 후회 없이 살면 되는 것입니다.

매일 마주하는 아내 남편 아이들 그리고

또 한 사람은 친구가 아닐까 합니다.

친구는 매일 볼 수는 없지만 서로의 안부를 전하고 자주 만나서 웃으며 이야기를 하면 앞으로 남은 반도 행복하고

인생의 즐거움도 몸으로

느껴보시면 어떨까요?

50대가 20대에게 주는 글

지금 20대를 주름잡는 여러분?

한창 대학생활을 하기도 하고 또는 좋은 직장에 들어가기 위해서 열심히 노력하고 있을 것이고 군대에서 국방의 의무를 성실히 하고 있는 여러분들은 꿈이 무엇입니까?

좋은 직장에 들어가는 것 아니면 좋은 베필을 만나는 것 그것도 아니면 아예 꿈조차 없는 걸까요?

요즘 직장에 들어가기가 하늘의 별 따기만큼이나 어렵다고는 합니다.

대학을 나와서도 직장을 잡기 위해서 외국어 등 여러 가지 공부를 해야만 바늘구멍 통과하듯이 들어갈 수 있다고들 하니까요.

적성에 맞고 안 맞고를 떠나서 직장만 잡으면 그래도 나은 편이 아닌가요?

20대 여러분?

한번 꿈을 가져보세요 거기다 희망까지 포함해서요. 여러분은 돌도 씹어 삼킬 수 있는 힘과 패기도 있잖아요.

그 좋은 20대를 그냥 보낼 수는 없잖아요.

지금 여러분의 20대는 다시는 여러분들한테 주어지는 시간이 아닙니다.

20대를 지난 여러분들보다 나이가 많은 사람들이 흔히 하는 이야기 중에 10년만 젊었으면 하는 이야기를 할 때가 있습니다.

20대를 지나 지금 50대를 살아가보니 그 말이 딱 맞는 이야기더라고요.

여러분들도 20대를 지나 50대를 거치겠지만 그때도 이런 이야기 할 수도 있을 겁니다.

20대를 살아가는 여러분?

시간은 멈춰있는 것이 아니라 쉼 없이 보이지 않게 지나가고 있습니다.

여러분의 20대도 금방 지나갑니다.

여러분의 20대의 시간이 멈춰있을 것 같지만 그것은 착각일 뿐입니다.

무엇을 하던 노력하는 20대가 되어보세요.

어떤 직장을 들어가던 어떤 일을 하던 여러분의 입맛에 맞는 직장은 세상에 많지가 않을 겁니다.

조금 마음에 안 차더라도 부딪혀보세요.

안 되는 것도 할 수 있다고 마음 다짐 한 번 하고 부딪치면 안 될 것도 될 수가 있습니다.

미리부터 포기하면 20대가 아니죠.

우리도 여러분의 나이를 거쳐와 보니 지금 여러분이 부러울 때가 간혹 있으니까요.

지금 20대는 젊음의 특권이면서도 등에

하나둘씩 짐을 지고갈 수밖에 없다는 것도 알아야 하고 나이를 먹어가면서 짐도 무거워진다는 것도 알아야 합니다.

세상은 그렇게 만만한 상대가 아니에요.

쉽게 풀릴 것 같으면서도 안 풀어지는 것이 삶이고 인생이니까요.

꿈과 희망을 가지고 어떤 일이든

도전해 보세요.

주저앉을 때 주저앉더라도 후회는 없어야 하지 않나요.

20대 여러분?

미치도록 한번 노력해보세요.

두려워할 것도 피해 가려고 하지도 말고 부딪쳐서 여러분
이 한번 세상을 이겨보세요.

여러분은 이제 시작이고 젊으니까요.

여러분을 응원하겠습니다.

우리에게 기댈 수 있는
누군가가 있다는 것은 행복입니다

우리에게 기댈 수 있는 사람이 있다는 것은 행복입니다.

아내가 될 수도 있고 남편이 될 수도 있습니다.

더 나아가 친구들도 더 좋은 서로에게 힘이 되어 주고 나이들어가면서 쓸쓸함도 잊게 해주는 친구들!

아무런 부담도 없이 그냥 기댈 수 있는 친구니까 누가 밥값을 내느냐가 중요하지 않고 지금 이 자리에서 밥 한 끼를 같이 먹고 있다는 것이 우리에게는 중요합니다.

취미 생활도 같이 하고 생각하는 것도 비슷하고 자라온 환경이 비슷하니까 이질감보다는 동질감이 더 많은 친구들!

그래서 나이를 먹으면 아내, 남편보다도 더 친구를 찾는지도 모릅니다.

아내와 남편은 이질감 또는 동질감과는 비교할 수 있는 것은 아닙니다.

서로가 맺어진 천생연분으로 삶을 살아가는 것입니다.

아내와 남편은 조건이 없듯이 친구 또한 조건이 없는 것입니다.

서로 거래를 하는 것이 아니고 누가 이익이고 손해이고가 없는 관계입니다.

친구는 장사꾼이 아닙니다. 거래를 하려면 장사꾼을 찾아보세요.

우리가, 내가, 네가 만나는 친구들은 서로 기댈 수 있는 그런 친구입니다.

대가도 필요 없고 그냥 "수고했어!" "고마워!"로 모든 게 통하는 친구들!

이래서 친구인가봐요?

군이 표현을 하지 않아도 왜 모르겠습니까.

친구는 말이 없어도 알 수 있는 것이 친구니까요.

점점 나이를 먹어보니 그리운 것이 친구요 보고싶은 것이 친구이더군요.

이런 느낌은 나만이 느끼는 것이 아니고 친구라면 모두 그럴 겁니다.

언제든지 만나고 싶으면 연락하면서 지내면 행복이 아닌가요?

통신수단이 발달이 잘 되어 있어서 연락을 못하지는 않겠지요.

오래도록 볼 수 있는 친구가

되었으면 하는

밤입니다.

바보 같은 지혜

우리네 사람들에게는 바보 같은 지혜가 있습니다.

부부 간이던 친구 간이던 상대의 단점을 알면서도 모른 체 넘어가주는 지혜!

상대를 배려해주는 지혜!

우리 모두에게는 그런 좋은 지혜를 알고 있으면서도 정작 필요할 때는 그 지혜를 잊고 살아가고 있습니다.

단점을 들추어내기 바쁘고 깎아내리기에 바쁜 나머지 자신이 깎아내려지고 있다는 것도 모르고 바닥으로 추락을 하는 경우가 있잖아요.

좋은 생각과 많은 지식은 어디에 쓰려고 하는지 모르겠습니다.

지혜가 별것인가요?

남의 단점을 알면서 덮어주고 장점을 추켜세워주면 그것이 바보 같은 지혜가 아닌가요?

들추려고만 할 게 아니라 덮어주려는 배려심이 지혜입
니다.
자신도 단점이 있거늘 어찌 남의 단점을 말하리오.
별것도 아닌 지혜로서 바보 같은 지혜로서 나도 너도 삶이 더
부드러워졌으면
좋겠습니다.

오늘 하루도

오늘 하루도 일상으로 접어들었습니다.

매일 아침마다 친구들이나 또는 지인들에게 '오늘 하루도' 라는 문구로부터 인사를 합니다.

누구나 오늘 하루도 즐겁게 행복하게 보내기를 바라는 마음에서 비롯된 좋은 일이지요.

모두가 오늘 하루도 즐거운 마음으로 일을 한다면 지루하지도 않고 반복적인 일이지만 행복감도 느끼지 않을까요?

오늘 하루는 내일도 또 옵니다.

모레에도 오늘이라는 날은 옵니다.

오늘 하루가 내일보다 더 중요하기 때문에 오늘이라는 글을 많이 쓰는 것 아닌가 하네요.

여러분?

오늘 하루는 어떻게 보내셨나요?

아침의 인사말처럼 즐겁고 행복하게 보내셨나요?

오늘 좋은 일들만 있었나요. 아니면 찌든 하루였나요?

좋은 일이 있었던 찌든 하루였던 오늘은 이미 지나갔습니다.

내일을 기대하세요.

내일도 오늘처럼 좋은 하루로 시작이 될 겁니다.

오늘 하루도처럼이오.

행복의 주문을 걸어 보세요

여러분 지금 행복하십니까, 아니면 불행하다고 생각하십니까?

행복의 기준은 각자 마음속에 정해놓고 있기 때문에 똑같은 상황에서도 행복을 느낄 수도 불행을 느낄 수도 있습니다.

여러분 혹 불행하다고 생각이 든다면,

행복의 주문을 걸어보세요.

마음속으로 나는 행복해질 거야.

나는 행복해지고 싶다.

작은 행복을 느끼고 싶다고

한번쯤 주문을 걸어보세요.

행복의 주문을 건다고 행복이 오지는 않지만 마음속으로 위안은 되지 않을까요?

모든 이들이 행복하면 그보다 더 좋은 일은 없을 겁니다.

주문을 건다고 모든 일들이 척척 이루어지지는 않습니다.

자신의 행복은 자신이 만드는 것이겠죠.

아무리 많고 적음을 가지고 행복을 느끼느냐 아니냐는 여러분의 마음속에 있습니다.

아니라고 할 것이 아니라 여러분 마음속을 한번 들여다보세요.

행복을 느끼게 하는 작은 마음이 자리하고 있나 살짝 보세요.

그리고

행복의 주문을

걸어보세요.

행복해지고

싶다고요.

여러분 덕분에

나는 여러분 덕분에 이렇게 웃고 있습니다.

여러분이 있기에 지금 행복을 느끼고 있습니다.

여러분 덕분에 지금 즐거움을 느끼고 있습니다. 이것이 모두

나 혼자였다면 지금 느끼고 있는 것들이 가능했을까요?

누구나 자신 말고 누구 덕분에라는 말이 흔하면서도 우리가

표현하지를 못했기 때문일 거예요.

내가 상대에게 작던 크던 도움이 되었을 때 덕분에라는 말

을 쓰잖아요.

표현하고 싶은 마음은 있어도 입 밖으로 내뱉지를 못

했지요.

쌍욕들은 그렇게 잘하면서도 도움을 준 사람에게는 덕분

에라는 말 한 마디가 너무나 인색했지요.

스스로의 힘만으로는 살아갈 수 없는 것이 사람인지라 누

구의 도움을 주고받고 해서 살아가야 하는 것이 정답이 아

닌가요?

도움을 받았다면 덕분에라는 인사 정도는 해보세요.

기분이 정말 좋을 거예요.

물건으로 대신하려고 하지 말고 말 한 마디로 천냥 빚을 갚는다고 했습니다.

귀는 좋은 소리를 들으라고 있는 것이고 입은 좋은 말을 하라고 있는 것입니다. 눈은 좋은 것을 많이 보라고 있고 코는 여러분의 생명을 유지시켜서 좋은 공기를 흡입하라고 있습니다.

여러분?

눈 덕분에

귀 덕분에

코 덕분에

입 덕분에

지금 여러분들이 많은 것을 보고 듣고 마시고 말을 하잖아요.

좋은 말을 할 때는 아끼지도 말고 인색하게도 굴지 마세요.

그냥 좋으면 말하세요.

덕분에라는 말을~

성공이란 선물

성공이란 누구나 누구에게나 올 수 있는 선물입니다.

나이가 많던 적던 그런 것 가리지 않고 받을 수 있는 선물입니다.

그런데 그 성공이란 선물을 받으려면 조건이 하나 달라붙습니다.

노력이라는 조건이 꼭 달라붙지요.

노력 없는 성공도 있겠지만 온갖 시련과 눈물과 두려움을 겪은 선물은 천하를 가진 것처럼

대견하지 않나요?

성공이 하루아침에 이루어지는 것이 아니잖아요.

비바람과 역경을 딛고 우뚝 선 성공!

여러분들도 못 할 것이 없잖아요.

무슨 일을 하던 노력이 없는 결과물은 없을 겁니다.

물이 흐르듯 노력이 없을 것 같지만 누구나 보이지 않게 부단히 노력을 하고 있겠지요.

성공은 끝까지 노력을 하느냐에 달려 있을 거예요.

힘들다고 시간이 많이 걸린다고

이런저런 핑계로 그만둔다면 그 사람은 어떤 일을 하더라도 성공의 선물은 받을 수가 없습니다.

중간에 이런저런 핑계를 대는 사람은 새로운 일에만 몰두하다가 그것마저 이런저런 이유로 그만두게 됩니다.

시작은 좋으나 마무리가 없는 생각은 좋으나 실천이 없는 그런 사람에게는 성공의 선물은 없습니다.

노력을 다했다고 해도 성공은 없을 수도 있습니다.

실패가 두려우면 아무것도 할 수가 없습니다.

성공의 선물은 공짜로 오는 것이 아닙니다.

노력의 대가가 바로 여러분의

성공의 선물입니다.

나를 보고 웃는 거울

거울은 나를 보고 웃고 있습니다.

내가 웃을 때마다 찡그릴 때마다 똑같이 따라서 웃고 찡그리곤 합니다.

내가 먼저 웃어야 따라서 같이 웃어주는 거울!

누구나 상대가 미소를 띠며 웃어주면 나도 미소를 띠게 되어있습니다.

내가 화를 낸다면 상대도 화를 낼 것이고 내가 웃으면 상대도 웃음으로 답을 할 것입니다.

남이 나에게 웃어주기를 바라지 말고 내가 먼저 웃어보세요.

거울 앞에서는 미소 띤 얼굴이지만 남들한테는 왜 웃음이 작아졌는지요.

여러분?

마음속으로부터 웃어보세요 돈이 들어가는 것도 아닌데 웃음이

마른 것도 아닌데 거울 앞에서는 그렇게 예쁜 미소를 짓더니 그 모습이 어디에 갔습니까?

상대도 거울 앞에서처럼 미소로 맞이해보세요.

분명 상대도 여러분을 미소로 기분 좋게 표현을 할 거
예요.

미소는 소리 나지 않는 언어이고 미소는 소리 없는 대답이
니까요.

여러분들도 거울 앞에서만 웃음을 짓지 말고

남들한테도 웃음으로

맞이해보세요.

미소 띤 얼굴로~~~~

환한 미소로~~~~

멀리 있어야 아름다운 것들

멀리 있어야 아름다운 것들이 있습니다.

사람은 가까울수록 친하게 되지만 꼭 멀리 있어야 아름답고 신비스럽게 보이는 게 있습니다.

여러분?

달이나 별 태양은 우리에게서 멀리 있어야 아름답잖아요.

만약에 달이나 별 등이 우리 손에 잡히는 곳에 떠있다면 어떻게 될까요?

나무에 달려있는 과일을 따듯이 한다면 달이든 별이든 아름답다라는 말이 어울리지 않을 것입니다.

달이나 별에 대한 아름다운 글 또한 우리에게는 없을 수도 있을 거예요.

달이나 별 등은 볼 수는 있지만 만질 수도 따올 수도 없으
니 아름다운 것이 아닐까요?
　　혼자 가질 수 있는 것이 아니고 누구나 품을 수 있고 누구
나 도화지에 그려볼 수 있는 달과 별!
　　귀한 존재이면서도 언제나 밤이면
　　초승달에서부터 둥근달을 만들어가고
　　반짝이는 별들은 무수한 모양으로 떠있어서
　　그래서 우리에게 더 아름다운
　　달과 별인가 봅니다.

목소리

자주 연락하는 사람의 목소리는 금방 누구인지 알게 됩니다.

하지만 오랫동안 뜸했던 또는 연락이 없던 사람의 목소리는 누구라고 해야만 알 듯 목소리조차 기억에서 사라지게 되더군요.

가까울수록 자주 연락해서 목소리라도 서로 기억을 했으면 어떨까요?

요즘처럼 바쁜 시대에 서로 얼굴 맞대고 볼 수 있으면 좋겠지만 마음처럼은 안 되잖아요.

부모님의 목소리부터 가까운 지인의 목소리 친구들 목소리까지 서로가 기억을 할 수 있도록 해보세요.

예전에 공중전화시대에는 줄을 서서 전화를 걸었던 시절도 있었는데 요즘은 그런 시대는 아니잖아요.

남이 나에게 해주기를 바라지 말고 먼저 걸어보세요.

반가움에 어쩔 줄을 모를 거예요.

나에게도 이런 사람이 있구나.

내게도 전화를 해줄 수 있는 사람이 있구나 하고 좋아할
거예요.

오늘은 주말입니다 5월도 이제 하루밖에 없네요.

오랜만에 부모님 또는 친구들에게 간단한 안부전화 해보
세요.

그리 어려운 일 아니잖아요.

서툴러도 내키지 않아도 번호를

눌러보세요.

지금이오.

바람이 불어야 인생이다

사람은 바람이 불어야 인생입니다.

바람이 없는 인생이 있을까요?

세상사 모든 일이 우여곡절 끝에 이루어지고 산 넘고 물 건너야 이루어지는데 어찌 바람이라 아니할까요.

사람은 바람이 불어야 단단해지고 쓰러지기를 반복해가며 사는 것이 인생이잖아요.

바람이 불어야 귀한 것도 알게 되고 흔하디흔한 것일지라도 귀한 줄을 알게 되니까요.

바람이 불어 봐야 내 밑에 사람이 있는 것도 보이고 내 위에도 사람이 있다는 것도 알게 됩니다.

세상은 바람을 등지면 빨리갈 수는 있겠지만 마주보면 더딜 수밖에 없습니다.

바람을 피해 가려고 하지 말고 마주보고 헤쳐가보세요.

조금 더디면 어떤가요. 바람이 양분이 되어서 내게 돌아올 수 있잖아요.

내게는 바람도 양분이 될 수 있을지 모르거든요.

내 주위에 지나가는 모든 것이 나의 자양분이 될 수 있으니까요.

우리는 살아가면서 바람에 상처도 나고 이리저리 흔들리다가 이제 중심을 잡고 여기에 서 있는 것입니다.

지금 이 순간에도 바람에 흔들린다면 견디어보세요.

여러분에게 그 바람이 자양분이 될 수도 있으니까요.

우리는 그 자양분을 바탕으로 지금 세상과 씨름하고 있잖아요.

우리가 지금보다 더 훨씬 전에 이리저리 비바람을 맞았기 때문에 지금 여기에 서있습니다.

온실 속에 있는 우리였다면 아마도 지금쯤
시들어 있겠지요.

사는 것이 다 그런 걸 어쩌나요.

생채기도 나고 피도 나고 하는 것을
이게 모두 바람의 인생인 걸요.

5월의 봄을 도둑맞았네요

벌써 6월이네요. 온갖 꽃들이 피고 온 산들이 연록색을 띠던 5월의 봄은 도둑을 맞은 것처럼 시간의 뒤로 지나갔네요.

봄인가 했던 5월도 6월이라는 시간 앞에 힘 한 번 못 써보고 밀려서 저 멀리 흔적조차 사라져 버렸습니다.

달이 바뀔 때마다 시간을 도둑맞은 것처럼 허전하고 또다시 밀려올 나날들이 우리를 맞이합니다.

바뀐 것은 하나도 없는데 종이 한 장으로 봄이요 여름이요 하니 말입니다.

5월도 도둑을 맞고 세월도 도둑을 맞고 지나온 시간만큼
이 아쉬움이 많이 남습니다.

저만 이런 생각을 하지는 않겠지요?

누구나 지난 시간들을 아쉬워하며

우리에게서 멀어져간 5월을 아무 소리 없이 시간의 뒤안길
로 미루어야 하겠지요.

모든 일에는 아쉬움이 남고 도둑맞은 것 같다 해도 이것이
우리가 받아들여야 할 숙제인가

봅니다.

누군가에게 웃음을 줄 수 있다면

누군가에게 웃음을 줄 수 있다면
행복하지 않을까요?
우울한 사람에게 슬픔에 잠겨있는 사람에게 웃음을 만들
어준다면 행복할 것 같습니다.
나의 한 마디로 상대가 잠시나마
웃는다면,
나의 몸짓 하나로 상대가 슬픔을 잠시 잊는다면,
기쁜 일이 아닐까 싶어요.
보잘것없는 내게도 누군가를 위해서 할 수 있다는 것이 너
무나
기분 좋은 일입니다.
이 세상에 웃지 못하는 사람은 없을 거예요.
웃을 일보다 슬픈 일들에 잠겨있어서 그럴 거예요.

웃어보세요.
소리 내어서 크게
한바탕 웃어보세요.
잠시 동안만이라도
괴로 운 일에서 벗어나보세요.
훌훌 털고 웃어보세요.
웃음을 잃은 당신에게 행복바이러스가 전염이 되었으면 좋
겠네요.
당신이 예전처럼 웃음을 찾는다면
그것이 바로 행복이 아닐까
싶네요.
주저할 것도 망설일 것도 없잖아요.
당신은 웃을 때가 가장 행복해 보이니까요.

그냥

오늘은 이유 없이 그냥 이렇게 하루를 보내고 싶네요.

숱하게 많은 날 중에 오늘 하루쯤은 그냥 이러고 싶습니다.

만사가 귀찮은 것인지 의욕이 떨어졌는지 그냥 오늘 하루를 이렇게 보내고 낼부터 또다시 뛰어가면 안 될까요?

내 생의 수많은 날 하루 아무렇게나 한번쯤 보내고 싶네요.

하루를 이렇게 보낸다 해도 달라질 것도 없는데 그냥 오늘만 이렇게 보내고 싶습니다.

내게도 이런 날쯤 있으면 안 되나요? 이번 하루만 내게 무의미하게 보내도 되지 않을까 해요.

누구든지 한번쯤 이런 날 있지 않나요?

아무것도 하기 싫은 날 먹는 것조차 귀찮은 날 손가락 하나 까딱하기 싫은 날 있잖아요.

오늘이 제게는 그런 날인가 봅니다.

온통 사방을 둘러보아도 아무런 느낌이 없는 그런 날,

날아다니는 새들을 보아도, 생기 있는 것들을 바라보아도
별다른 느낌이 없네요.

그냥,

오늘 하루쯤 이렇게 보낼 수 있게 눈감아 주세요.

내게 한번쯤 이런 날 줄 수 있지 않나요?

이유 없이 그냥 오늘만 지금이 이런 날이고 싶습니다.

많은 의미도 부여하지 말고 아무런 이유 없이 그냥 오늘
하루만 이러고 싶어요.

이유가 없는

그냥이요.

이런 사람이고 싶다

마음이 따뜻한 사람이고 싶네요.

가슴까지 따뜻한 사람이면 더 바랄 게 없겠습니다.

나로 인해서 누군가가 상처받지 않고

나로 인해서 누군가가 눈물을 흘리지 않았으면 좋겠습니다.

작은 상처라도 가시에 찔리는 그런 아픔이 없으면 더 바랄게 없습니다.

나도 잘난 것이 없는데 가진 것도 없는데 내가 누구를 나무라겠습니까.

나와 너 우리는 모두가 평행선에 서있는데 누구를 탓하리오.

네 탓이오보다 내 탓이오를 먼저 말하고 보듬어줄 수 있는 그런 사람이고 싶네요.

옷 하나만 걸치면 되는 것을 춥다 춥다 자꾸 껴입으려고만한 우리들이 미련스러운지도 모릅니다.

내세우지 않아도 될 자존심,

굳이 내뱉지 않아도 될 그 한 마디,

그 자존심에 그 말 한 마디에 상대는 상처를 입을 수가 있
습니다.

나부터 배려하고

나부터 감싸주고

나부터 손을 내미는

그런 사람이고 싶습니다.

모두가 마음속에는 담고 있지만 밖으로는 자존심부터 내
세웁니다.

모두가 가슴속에는 따뜻함이 있지만

밖으로는 차가움이 돌고 있습니다. 마음으로만 가슴으로
만 품고 있지 말고 온기를 뿌려보세요.

피가 따뜻하듯이 내 맘도 따뜻한

사람이고 싶습니다.

아름답게 나이를 먹는 방법이
있을까요?

이만큼 살아보니 별생각들이 다 드는 나이입니다.

삶은 어떻게 살아야 하고 아이들은 어떻게 키워야 하고 우리는 어떻게 살아야 행복하게 사는 것인지 이것이 우리 앞에 놓인 숙제인가 봅니다.

인생의 반을 걸어왔는데 이제 반을 어떻게 그려가야 잘 그렸다고 자신에게 답을 할 수가 있을까요?

아름답게 나이를 먹는 것이 있을까마는 반에 대한 그림을 또 그려야 합니다.

정답이 없는 세상에서 아름다운 것을 찾기는 쉽지가 않습니다.

내 얼굴도 아름답게 꾸며야 하고 내 나이도 흠이 없이 잘 그려가야 합니다.

나이를 먹을수록 우리의 그림이 일그러져 갈 수도 있습니다.

일그러진 모습도 우리의 모습이고 나의 모습입니다.

이제부터라도 여러분의 나이에 예쁜 그림을 그려보세요.

너무 덧칠도 하지 말고 쉽게 알아볼 수 있게 그려야지요.

예쁘게 그려서 자신한테

보여주세요.

이만큼을 그렸다고요.

마음속에 채우고 싶은 것이
무엇입니까?

여러분?

여러분들은 마음속이 허전하신가요?

무엇인지는 모르지만 허전하고 비어 있는 듯한 그런 느낌?

사랑도 꿈도 희망도 어느 것 하나 내 맘에 차 있지가 않나요?

욕심은 비우라고 모두들 이야기합니다.

그것이 과하면 득보다 실이 더 많다고 누구나 그런 이야기를 합니다.

하지만 사랑, 꿈, 희망은 넘쳐도 되지 않을까 합니다.

내 가슴이 허전하고 공허할 때 이루고 싶은 꿈은 있는데 어디에서 어떻게 시작을 해야 할지 모를 때 있잖아요.

자신이 무엇을 바라는지 무엇을 하고 싶은지조차 모를 때 있을 거예요.

나도 남들처럼 하고는 싶은데 마음은 있는데 선뜻 내세우지 못할 때는 자신의 마음도 아플 거예요.

여러분?

모든 것을 내 맘대로 가지고 얻고 할 수는 없을 거예요.

누구나 노력이 있어야겠죠.

마음속에 채우고 싶은 것이 하나둘뿐이겠어요.

사랑, 꿈, 희망!

누구나

하고 싶고 꾸고 싶고 품을 수 있는 것이 아닌가 해요

지금은 비어 있다고 해도 언제까지 비어 있지는 않겠지요.

하나둘씩 채워가다 보면 언젠가는 그 마음 가득 아니 넘치도록 채워질 거예요.

너무 서두르지도 조급해하지도 말고 하나씩하나씩 채워보세요.

채워나갈 때마다 기쁨 두 배 행복 두 배가 될 거예요.

우리에게는 처음부터 아무것도 없었어요.

이제 채워나가기만 하면 되는 거예요.

사랑과 꿈과 희망을

마음속에 넘치도록 말입니다

혹 채우다 남는다면 나누어주세요.

채우고 싶은 사람들이 많을 테니까요.

살며 사랑하며

살아가면서 사랑하겠습니다.

또 사랑하면서 이 세상을 살아가겠습니다.

사랑만큼 살아가는 데 중요한 것도 없는 것 같습니다.

누구든 사랑을 하려고 무진 애를 쓰면서 이 세상을 살아가고 있습니다.

살면서 사랑하기가 말처럼 쉬운 것은 아니겠지만 그래도 여기까지 왔는데 사람을 사랑하고 내 삶을 사랑하겠습니다.

부족한 삶이고 부족한 사랑이겠지만 내게는 모두 다 중요한 것이네요.

지금까지 다 못한 사랑 이제라도 채워서 내 삶을 살찌우겠습니다.

살며 사랑하며 평생을 다 한다 해도 모자랄지도 모릅니다. 그 모자라는 부분까지도 사랑하겠습니다.

삶도 사랑으로 감싸야 하고 사랑도 삶 속에서 숨쉬어야 하거든요.

보잘것없는 삶이고 사랑입니다.

그래도 살며 사랑할 겁니다.

우리에게서 삶을 빼고 사랑을 뺀다면 남는 것이 무엇
입니까?

누구나 보잘것없는 삶에서 행복을 찾고 싹트지 않은 사랑
을 위해서 몸부림칩니다.

살며 사랑하기 위해서 우리들은 마음을 바치고 목숨도 바
칩니다.

삶도 사랑도 모두가 없어서는
안 되는 것들이니까요.
살며 사랑하는 것은
이런 것인가 봅니다.

보리가 누렇게 익어가는 6월에서

산들바람이 불어옵니다. 들풀도 산들바람에 이리 휘청 저리 휘청 몸을 가누지를 못하네요.

벌써 6월의 가운데쯤 와 있고 저 멀리 보리밭은 누렇게 익어가고 있는 요즘입니다.

우리가 어렸을 때는 보리나 밀도 많이 심었는데 요즘은 보기가 쉽지가 않습니다.

6월 중순 정도에는 밭마다 누렇게 익어가는 보리를 보고 자랐던 우리들입니다.

보릿대로 여치집도 만들고 하던 어렸을 때가 지금은 왜 그리 그리운지 모르겠네요.

먹고 입고 하는 것이 부족했던 지난날들이 이제는 그리움으로만 남았습니다.

예전 모습들이 이제는 머릿속에만 살짝 남아 있으니 말입니다.

더 먼 훗날에는 그 기억조차 머릿속에서 사라지겠지요.

보고 싶고 그리운 것은 어찌 저만 이럴까요?

지난 세월을 살아온 사람들은 모두 그때를 그리워하지 않을까 하네요.

지금은 낫으로 보리를 베는 시대가 아니라 보릿대로 여치집도 만들 수 없고 어렸을 때 하던 것들을 지금은 하고 싶어도 못하는 시대에 살고 있습니다.

모든 것이 그리움 속에만

남아 있네요.

그리운 옛 시절 한번쯤 되돌아가고 싶은 마음뿐이네요.

그때 그 시절 친구들도 이런 생각을 하고 있을까요?

보고 싶네요.

그 친구들이~~~

마음까지 채울 수 있는 샘물

여기에 샘물이 하나 있습니다.

여러분의 마음까지 가득 채울 수 있는 아주 귀한 샘물입니다.

이 샘물은 여러분들의 마음을 따뜻하게 할 수도 있고 또 차갑게 할 수도 있습니다.

어떤 사람이 마시느냐에 따라서 마음 가득히 채울 수도 있습니다.

여러분들은 모두가 마음이 따뜻하기에 여러분들 마음 가득히 채워가세요.

줄어들지 않는 샘물이기에 누구이건 마음이 따뜻한 사람이면 얼마든지 채워가세요.

왔다가 빈손으로 가지 마시고 사막의 오아시스처럼 이 샘물은 여러분들을 기다리고 있습니다.

여러분들이 채워 가지 않는다면 이 샘물은 그냥 흘러내려 갈 겁니다.

어차피 흘러내려갈 샘물 여러분들 마음 가득히 채워서 가세요.

여러분들이 채워가는 만큼 샘물은 다시 솟아오를 테니까요.

빈 마음으로 왔다가 마음까지 가득 채울 수 있는 샘물로 채워간다면 무엇을 더 바라겠습니까.

우리에게 샘물은 이런 것이니까요.

우리가 채우고 채워도 마르지 않을 샘물이니까요.

이 샘물은 여러분들 마음에서 영원히 흐르게 될 겁니다.

여러분들 마음이 따뜻
하니까요.

꿈이 있는 정원

우리들 마음속에는 예쁜 정원이 있습니다.

그 정원에는 꿈도 있고 꽃도 있습니다.

살아가면서 꿈이 없는 사람, 마음속에 정원 하나쯤 없는 사람이 있을까요?

정원에다가 예쁜 꽃들도 심고 나무도 심고 또 작은 돌멩이들을 모아 예쁘게 모양도 만들어보세요.

우리들은 정원을 보면서 우리가 꿈을 꾸어왔던 것을 이루려고 정원을 가꿀 겁니다.

그 정원 속에는 우리들의 꿈이 있으니까요.

비록 보잘것없는 꿈이고 정원이지만 우리들에게는 더없는 행복의 정원이니까요.

정원은 작아도 꿈은 크게 키울 거예요.

작은 정원에서 이루어지는 꿈은 더 값질 테니까요.

그 꿈이 언제 이루어질지는 아무도 모릅니다.

아니 평생을 정원에서 이루어지지 않을 수도 있을지 모릅니다.

그 꿈과 정원이 우리들 마음속에 있으니까요.

여러분?

여러분들도 마음속에 정원 하나쯤

가꾸어보세요.

거기에 꿈도 심고 나무도 심고

꽃도 심어서

꿈을 키워보세요.

꿈이 있는 정원으로 말이에요.

그 정원에서 우리들의 꿈도

자라지 않을까 합니다.

꿈을 심었으니까요.

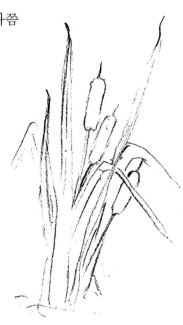

사람과 사람

사람과 사람은 동등한 위치에 있습니다.

누가 위고 누가 아래가 아닌 평행선 위에 나란히 서 있는 것과 같습니다.

잘났고 못났고도 사람 하기 나름이고 잘났으면 얼마나 잘 나야지 되는지요?

또 못났으면 얼마나 못나야지 못났다는 소리를 듣는 거죠?

내가 스스로 상대를 추켜세워 줄 때 비로소 나 자신도 대접을 받는 거니까요.

사회생활에서 일방적인 것은 없습니다.

우리가 성직자도 아니고 성인군자도 아닙니다.

우리들 관계에서는 주는 것이 있으면 받는 것도 있습니다.

좋은 말로 칭찬을 하면 내게도 기분 좋은 칭찬이 귀에 들어올 것이고 나쁜 말을 한다면 그또한 내 귀에 나쁜 말이 들릴 겁니다.

사람의 입과 귀는 좋고 나쁨을 걸러낼 수 있는 장치가 없습니다.

뱉으면 그만이고 들으면 저장이 됩니다.

우리는 다 같은 사람이자 친구들입니다 둘도 없는 모두가 소중한 친구이기에 좋은 소리와 좋은 모습으로 기억될 수 있게 하면 정말 좋을 것 같네요.

서로가 만나면 칭찬하는 그런 친구들이 되었으면 좋겠네요.

사람과의 관계에서는 일방적인 것은 없으니까요.

좋은 관계로 유지가 되려면 서로가
노력하는 일밖에 없습니다.

삶의 지혜는 이런 것을 말하는가 봅니다.

너무 지치지 않게 쉬어 가세요

세상을 살아가다보면 지칠 일이 수없이 많습니다.

정답이 있는 것도 아니고 스스로 만들어서 살아가야 하는 우리네 인생사가 이렇습니다.

하나를 알게 되면 또 하나가 앞에 가로막고 있고 또 헤쳐 나가면 안개 속인 것이 인생이더군요.

정답도 없는 우리네 인생사에 지칠 일이 없다면 거짓말일 겁니다.

하루에도 수없이 지치고 지치다 포기하고 싶을 때도 있었을 거예요.

연습도 없는 삶을 살아가는 것이니까요.

세상 일은 내 맘대로가 아닌 세월 맘대로인 것을요.

우리는 지치면 세월 탓을 할 때가 있습니다.

너무 지쳐있기에 세월이라도 붙잡고 싶어서일 겁니다.

세월이라도 붙잡고 하소연도 해보고 연습 없는 삶은 이런 것이니까요.

나의 길은 스스로 만들고 다듬고 해서 가야 되는 것이 우리의 인생길일 거예요.

지쳐 쓰러져도 또다시 일어서는 게 우리들입니다.
힘들고 주저앉고 싶을 때는 쉬어가세요.
너무 지치지 않게 쉬었다 가세요.
우리가 갈 길은 아직도 멀리 있으니까 마라톤을 하듯이
힘도 남겨놓으세요.
마지막 남은 힘까지 다 써버리면
일어서기가 힘들어지잖아요.
세상은 힘이 들어도 모두가 가고 있어요.
혼자만 힘든 것이 아니니까 위안도 삼고
어깨동무도 하고
남도 일으켜 세워주고 이런 것이
세상이고 삶입니다.
쉬고 싶을 때는 쉬어가세요.
너무 지치지 않게요.
정답은 없습니다.
연습도 없습니다.
삶은 이런 것이니까요.

넘어진 곳에서 다시 시작해 보세요

사람이 살다 보면 숱한 시련과 고난이 따르게 되더군요.

어떤 일을 하던 쉬운 것은 없습니다.

하는 일마다 잘 풀리는 사람도 있겠지만 또 하는 일마다 꼬이고 얽히고 안 풀리는 사람도 있으니까요.

혹 지금 무슨 일을 하던 안 풀려서 오만 가지 생각을 하는 사람도 있을 겁니다.

그 오만 가지 생각 중에 다시 일어날 준비를 하고 있습니까? 그렇다면지금 그 자리에서 다시 시작해보세요.

넘어졌다고 생각을 하고 다시 일어서는 연습을 해야지요.

한번 넘어졌다고 주저앉을 수는 없잖아요.

오뚝이처럼 휘청거리면서 다시 일어서세요.

우리는 길을 가다 돌부리에도 걸려 넘어질 수도 있어요.

바람에도 휘청거릴 때도 있습니다.

고목도 바람에 쓰러지는데 우리라고 별수 있나요.

쓰러지고 넘어지고 이런 것이 우리의 삶이 아닌가요?

슬픈 날이 있으면 기쁜 날도 우리에게 있습니다.

맑은 날만 있을 수는 없습니다.

비도 맞고 눈도 맞고 우리는 이렇게 해서 비로소 성공이란
두 글자를 새겨봅니다.

성공도 여러분의 것입니다.

시련도 여러분의 몫입니다.

넘어진 곳에서 다시 일어나보세요.

꼭 성공을 할 겁니다.

세상이 바뀔 것 같지 않으면
자신이 바뀌어라

많은 사람들은 세상이 바뀌어야 한다고 이야기를 합니다.

스스로가 바뀔 생각은 하지 않으면서 세상 탓으로 돌리려고만 하니까요.

흔히들 세상이 많이 바뀌었다고 말들 합니다만 바뀐 것이 아니라 시대가 변한 것 뿐이죠.

자신 스스로를 바꾸어보세요.

자신의 틀에서 조금만 변화를 주어보세요.

바뀌고 싶지 않다고 해도 해보세요.

세상은 바뀌지 않습니다. 단지 시대가 변할 뿐이니까요.

본인 자신은 꼼짝도 하지 않으면서 세월이 이렇고 저렇고 많이들 하잖아요.

스스로를 자신의 틀에 묶어놓는 것과 같습니다.

그 틀을 깨보세요.

세상이 달라 보입니다.

자신을 먼저 바꾸고 세상을 바꾸세요.

소주 한 잔 인생 한 잔

소주 한 잔에 인생 한 잔을 부딪히며 살아가는 우리네 인생입니다.

길게 살아왔던 짧게 살아왔던 누구나 쓰디쓴 소주처럼 출렁이며 흔들거리며 지금까지 살아온 것 같네요.

슬퍼도 소주 한 잔 기뻐도 소주 한 잔으로 마음을 달래가며 살아온 인생.

이제 우리의 인생도 반쯤이 넘었으니 한 번쯤은 뒤도 돌아보았으면 싶은데 좋은 일보다 나쁜 일들이 기억이 날까봐 그것 또한 쉽지가 않습니다.

우리네 인생은 양주보다는 소주가 좋고 하얀 막걸리가 어울리는 그런 사람들이네요.

소박하고 힘들어도 돌아갈 줄 아는 인생.

남들에게 손을 내밀어 일으켜줄 수 있는 그런 소탈한
사람들.

소주 한 잔에 인생을 묻습니다.

잔을 부딪히며 또 한 번 인생을

묻네요.

서민의 벗 인생의 벗 소주와 막걸리.

소주 한 잔과 인생 한 잔을 치켜들고 외쳐보네요.

"건배!"라고,

우리도 갈 길은 아직 남아 있습니다. 인생을 다하는 그 날
까지 몇 잔을 더 부딪혀야 될까요?

가도 가도 끝도 없는 인생길 우리는 아직

진행형의 인생입니다.

소주 한 잔과 인생 한 잔에 삶을

위해서 오늘도 건배를 외쳐봅니다.

사랑한다고 말해 보세요

여러분 사랑한다고 말해 보세요.

부모, 형제, 자매 꼭 가족들만이 아닌 모두에게 사랑한다고 말해 보세요.

아마도 사랑한다는 말을 싫어하는 사람은 없을 겁니다.

누구나 듣고 싶은 말은 사랑이라는 말이 아닐까 합니다.

우리가 단지 마음속에만 담고 있었던 말 사랑합니다 행복합니다.

가슴 속에 두고두고 쌓아놓지만 말고 사랑합니다를 외쳐 보세요.

듣는 사람도 외치는 사람도 사랑이

마음속까지 스며들 거예요.

어려운 것도 쉬운 것도 아니에요.

마음속에 살포시 가라앉아 있는 사랑을 꺼내어보세요.

그 사랑은 베풀어야 진짜 사랑이니까요.

시기는 접으세요, 질투도 접으세요.

우리에게 필요한 것은 사랑입니다.

여러분 사랑합니다. 마음속 깊이

여러분을 사랑합니다.

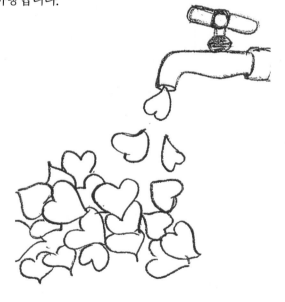

당신의 인생에서 삶이란?

당신의 인생에서 삶은 무엇입니까?

어렵다 어렵다 하면 어려운 것이 삶이 아닐까 합니다.

누구나 다 비슷한 모습으로 세상을 살아가겠지만 우리 인생에서 특별한 것이 꼭 있어야 하는 것은 아니잖아요.

365일을 특별할 수는 없지만 나름 즐기며 사는 게 인생일 겁니다.

길다면 길고 짧다면 짧은 우리네 인생.

뭐하나 내세울 것도 없는 것이 흠이라면 흠일까.

이런 거 저런 거 모두 걷어 들이고 그냥 우리 인생 살아가면 그게 내 인생이고 내 삶의 전부일 수도 있습니다.

비 오는 날에는 비를 맞고 눈 오는 날에는 눈을 맞고 맑은
날에는 햇빛으로 젖어 있는 마음까지 말려가며 사는 것이

이런 게 우리의 삶이 아닐까요?

내 인생에서 삶!

좁은 길도 다녀보고 넓은 길도 다녀보고 이것도 내 길인가
더듬어보고 가다 보면 내 길이 아니기에 되돌아오기도 하는
우리의 인생길입니다.

인생길은 쓰디쓴 커피와도 같은지도 모릅니다.

삶에 치일 때~~~

삶에 지쳤을 때 누군가 홧팅이라는 말을 해줄 때 우리는 새로운 힘을 얻습니다.

지치고 힘이 소진되었을 때 누군가의 위로가 나를 일어설 수 있게 해줍니다.

말 한 마디가 힘이 되어 새롭게 시작할 수 있는 원동력이 됩니다.

시시때때로 변하는 세상에서 우리도 틀을 벗어나지 않고 따라가야 하니까요.

머뭇거릴 것도 주춤거릴 것도 없습니다.

삶에 지친 사람에게 작은 위로는 천군만마를 얻은 것처럼 새로운 힘을 얻을 것입니다.

나 혼자 잘 먹고 잘사는 세상보다는

더불어 살아가는 세상이 더 따뜻합니다.

우리는 너도나도 지금 따뜻한 세상에 살고 있습니다.

시기와 배척을 뒤로하고 온정과 가슴 뿌듯한 삶을 위해서 살아가고 있으니까요.

여러분?

나 혼자만 따뜻한 세상이

아닌 모두가 따뜻한 세상이면

더 바랄 게 없는 세상이 아닐까요?

우리는 모두가 좋은 사람들입니다.

남의아픔을 내 아픔처럼 느끼고

기쁨도 같이 나눌 수 있는 그런 좋은 사람들!

별의별 일들이 일어나는 세상에서 우리들만이라도 좋은

사람들로 남았으면 좋겠습니다.

우리들 모두의 숙제이기도 한 일입니다.

작은 일부터 작은 위로 한 마디로

힘을 주세요.

삶에 지친 사람들에게

큰 용기로 다시 일어설 수

있게요.

여러분을

사랑합니다.

가진 자의 마음과 못 가진 자의 마음

많은 것을 가졌다고 마음이 여유롭고 풍성하지는 않을 겁니다.

또 못 가졌다고 마음이 좁지도 않을 거예요.

부자라고 해서 모두가 베푸는 것도 아니고 가난하다고 해서 베푸는 방법을 모르지는 않겠지요.

우리가 평생을 일을 해서 갑부가 되기는 쉽지가 않습니다.

대를 이어서 한다고 해도 갑부가 되기는 그리 쉬운 일은 아니죠.

부자도 나름 자기 것을 떼어서 베풀기도 하고 가난한 사람도 나름

작게나마 베풀기도 합니다.

구두닦이 하는 사람, 청소부 아저씨 파출부 아줌마까지 여러 곳에서 일을 하시는 분들의 베푸는 것을 보면 숙연해질 때가 있습니다.

그들보다도 나는 더 가졌는데 무엇으로 베풀었나 생각해 보니 마음으로밖에 베푼 것이 없네요.

그 마음은 누구나 베푸는 방법이기도 하지만 그런 마음조차 베풀지 못하는 사람들도 많을 겁니다.

부자는 부자만큼 베풀어야 하고 가난한 사람은 그 나름대로 베풀며 살아가는 곳이 바로 여기 우리들의 세상입니다.

내 것, 내 것만 찾지 말고 내 것도 덜어줄 줄도 알아야 하지 않을까요?

우리들 세상은 아직도 따뜻한 곳입니다.

그 속에서 살아가는 우리들 또한 행복한 것이고요.

이런 게 바로 행복이 아닐까

합니다.

갈 길이 막막할 때는?

여러분?

갈 길이 멀어서 막막할 때 여러분은 무슨 생각이 드는지요?

험한 세상을 살다 보면 내 뜻대로 움직여주지도 않고 겹친데 또 겹치는 그런 일 겪어보았을 겁니다.

모든 일이 내 맘대로 다 잘 풀린다면 좋겠지만 어디 세상일이 그렇게 되나요.

꼭 반대로 나타날 때도 있잖아요.

여러분?

하고 싶은 일 이루고 싶은 일들이 쌓여있을 때 여러분은 어떻게 하십니까?

힘들고 괴로울 때는 내 아내와 내 남편과 아이들을 생각해
보세요.

그러면 없던 힘도 생기고 없던 용기도 생깁니다.

가족만큼 여러분을 잘 아는 사람이 없을 것이고 가족만큼
여러분을 사랑하는 사람이 없을 겁니다.

세상에서 가족을 사랑하지 않는 이 없고 가족만큼 소중한
관계가 없습니다.

여러분이 가장 힘들 때 가장 괴로울 때 가족을 한번쯤 생
각해보세요. 늪에서

빠져나갈 용기와 배짱도 생길 거예요.

가족은 여러분을 무한히 사랑할 거예요.

조건이 없는 무한한 사랑으로

당신을 기다릴 겁니다.

가는 길이 막막할 때 가족을 생각해보세요.

용기가 생길 테니까요.

정답은 내 안에 있습니다

우리가 살아가면서 사소하게 부딪히는 일들이 많이 있습니다.

특히 사람과 사람끼리의 부딪힘은

기분이 상할 수도 있고 마음의 상처까지 입을 수가 있지요.

그 속을 들여다보면 정답은 바로 내 안에 있습니다.

우리는 다툼이 있을 때 내 탓보다는 네 탓이오를 먼저 이야기합니다.

몸에 네 탓이오가 늘상 붙어있었기에 그럴지도 모릅니다.

자기 자신의 행동에는 잘한 것만 있고 못한 것은 어디다 숨겼는지 찾아볼 수가 없습니다.

정답은 바로 자신이 갖고 있으면서 꺼내려 하지 않기 때문
에 그러는 거겠지요.

누구를 탓하기 전에 내 안에 있는 정답을 먼저 생각해
보세요.

나는 그 일에 대해서 정답을 알고

있었나 한번쯤 물음표를

달아 보세요.

이것이 정답이 아닐까요?

어느 비 오는 날 아침

밖에는 모처럼 비가 내리네요.

어제까지만 해도 무덥던 날은 온 데 간 데 없고 부슬부슬 비가 내리고 있습니다.

새벽부터 일어나 출근해서 일을 하고 있네요.

남들은 휴일이라 아직 단잠에서 깨어나지 않을 시간이지만 오늘도 여느 날처럼 부지런을 떨었습니다.

오랜만에 내리는 비라 그런지 반갑기도 하고 좀 더 좀 더 내렸으면 하는 바람을 해봅니다.

이런 마음이 농사꾼의 마음이 아닌가 합니다.

채소들이 뜨거운 열기에서 오늘만큼은 시원하게 보낼 수 있을 것 같아서요.

여름이라 더운 것이 당연한데도 한쪽에서는 가끔은 비가 내려서 더운 열기를 식혀주었으면 하는 마음 농사꾼이 아니라도 모두의 바람이 아닐까요?

오늘 휴일이지만 하우스에 출근해서 채소들과 눈인사 한 번씩 하고 있습니다.

나는 여기서 행복을 찾으렵니다.

채소들과의 매일 눈인사 하고 물이 필요할 때는 물을 주고 최적의 환경은 아니지만 주어진 환경에 적응하며 커가는 모습들이 너무 좋습니다.

여기가 행복이고 이렇게 글을 쓰니 내 삶이 즐겁네요.

나는 너희들을 사랑한다.

채소 야.

이럴 줄 알았으면

우리는 살아가면서 본의 아니게 겪는 일들이 있습니다.

잘 나가다가도 일이 엉뚱한 흐름으로 흘러가는 경우 있지 않나요?

그럴 때는 꼭 우리는 이런 말을 합니다.

이럴 줄 알았으면 하는 말~~.

차라리 미리 주던지 아니면 받던지 또는 잘 해줄 걸.

그런 말 혼자 중얼거릴 때 있잖아요.

아쉬움이 묻어나는 이럴 줄 알았더라면~~.

이미 지나간 뒤에 잘해준들 아무런 의미도 없습니다.

그 사람도 가질 만큼 가졌을 때 준들 아무런 의미가 없습니다.

조금 부족할 때 나누세요.

많을 때 나누는 것보다 평온할 때 나누는 것보다 감동은 배가 되니까요.

우리는 느낌을 먹고 살아가고 있습니다.

그 느낌에는 사랑도 행복도 같이 들어 있으니까요.

우리 살아가면서 느낌을 줄 수 있는 삶을 살아가면 어떨까요?

이럴 줄 알았으면 하는 아쉬움이

남지 않도록

말이에요.

인생길은 소풍 길입니다

　인생길은 소풍 길과 같아서 처음에 길을 떠날 때는 들뜬 마음으로 떠나게 됩니다.

　소풍 길을 걸으면서 주위에 있는 산도 보고 길옆에 핀 꽃들도 보면서 소풍 길을 갑니다.

　우리가 살고 있는 이곳은 모두 다 소풍 길을 가는 인생들이기에 궁금한 것도 많고 보물찾기를 하듯이 이곳저곳도 둘러보게 되겠지요.

　우리들은 잠시 이곳을 소풍을 온 장소로 쓰고 있을 뿐입니다.

　서로가 먹을 것을 싸가지고 와서 나누어 먹기도 하고 술 취한 사람들끼리 티격태격 싸우기도 하는 곳이 이곳입니다.

　각자의 놀이 방법도 찾아보고 슬픔도 기쁨도 느껴보고 넓은 바다도 보고 도랑도 건너보고 나무 뒤에 숨어서 술래잡기도 해보는 그러다가 이내 토라지기도 하는 곳이 바로 이곳입니다.

　처음에 길을 떠날 때는 들뜬 마음이었지만 하루 이틀이 지나면서 지루함도 느끼고 들뜬 마음은 온데간데없고 현실에 순응하며 가는 곳.

　이번 소풍 길은 아무 때나 되돌아갈 수 있는 그런 소풍 길이 아닙니다.

내 마음대로 갈 수가 없는 곳이 이번 소풍 길입니다.

우리가 다 같이 왔기에 갈 때는 각자의 시간에 맞추어서 가야 되는 길입니다.

먼저 가고 싶다고 해서 갈 수도 없고 각자의 시간은 아무도 모릅니다.

누구나 그 시간은 알지 못하기 때문에 묻지도 말하지도 않습니다.

우리는 즐거운 소풍을 마치고 하나 둘씩 자리를 떠나면 새로 소풍을 온 사람들이 그 자리를 채우게 되겠지요.

우리의 소풍 길은 이런 곳이기에, 그 시간만큼은 자유의 시간이므로 무엇이든지 할 수가 있고 사랑도 행복도 희망도 있는 그런 곳입니다.

소풍 길은 우리의 최대의
행운의 길이기도 합니다.
여러분도 이번 소풍길이
행복하고 희망찬 길이었으면
정말 좋겠습니다.